平路台灣三部曲・三

夢魂之地

PASSING

平路 著

各界讚譽

（依姓氏筆畫排序）

每本書都有一句神祕的嘆息。平路的歷史小說《婆娑之島》也有一句神祕的嘆息——為什麼台灣總是不斷被貽誤？平路魂牽夢繫的、給她力量泉源的、讓謬思女神不斷召喚她的，一直都是台灣。這本新書《夢魂之地》的神祕嘆息是什麼？我們一起去探索和尋覓吧。

——王美琇　《自由時報》前專欄作家

這讓我想起我的巫師母親以及一眾我戲稱仙姑體、太子體的朋友們，關於靈力、神力、巫力盈缺、起伏、跌宕過程的自信與焦慮。《夢魂之地》是近年我僅見的，透過算命師、通靈者、巫師視角觀看的，關於創傷的，神力的自癒與治癒

的秀異作品，是社會現象觀察，也是歷史人物的一段內在歷程探索。

——巴代　卑南族小說家

當來自過往時空的訊息益發稀微漫漶，而當下人們接收感應的靈能也乾涸枯竭，平路老師以深具洞察的小說家之眼，召喚出依然深藏在人們心中的歷史幽魂，刻畫大離散時代的煎熬與世代糾結。

——朱和之　作家

《夢魂之地》以「通靈」為主軸，實際上要講的卻是歷史的「招魂」。三太子、鄭成功與蔣經國三名「太子」往復交織，形塑一代代來到台灣、終究因為「回不去」而落地的人們，及其心事。人們各有不同的過去，但終能皈依、汲取這塊土地的「靈力」，這使得《夢魂之地》雖然談的是「認同」的經典主題，卻能從中煥發新意。

——朱宥勳　作家

以如椽之筆，寫大海揚浪的歷史。
以詩意之心，鑄島嶼住民的棲居。
以想像之力，造大河小說的宇宙。

——江寶釵　中正大學台灣文學與創意應用研究所教授

要在百字推薦語，丈量平路小說的長與寬，會有失深度，也無法彰顯語境的睿智、細膩還有滲透，缺乏膽色的我只好用上大量驚嘆號「！！！」，來解釋文字依稀刀鋒，就這麼一回事了。

——吳鈞堯　作家

從台北士林到高雄旗津，從三太子到蔣太子。平路是一個歷史魔術師。在台灣三百年乘三百里的時空裡，從左下、右上、右下、左上，平時相碰不到的角落各抓一把，一搓一揉，攤開掌心，虛實交替的作品光芒耀眼。

——李志德　資深媒體人

作者慈悲，沉入「父親們的孩子」混沌黯黑的意識層，撫慰他們痛楚的傷口。然後，歷史翻了一頁。

——李金蓮　文字工作者

平路藝高人膽大，以第一人稱「我」寫一位有神力的通靈女性，外省第二代，寫她卜卦算命的工作與生活，寫現實之殘酷與人之剛強脆弱，更重要的是，她寫從「神」（三太子）到「人」（太子）的黨國命運，以此喻示中華民國在台灣複雜的歷史糾葛。從孫中山、宋慶齡寫到蔣家父子，平路的家國書寫，時以虛幻為手段進行史實反思，而不忘平民百姓。小說的當下，捷運、高鐵都已存在，現代化了以後，人更迷惘，更不知自己從哪裡來？又將走向何方？

——李瑞騰　中央大學人文藝術中心主任

那些已遺忘與未曾遺忘的，想遺忘與不可遺忘的，層疊交錯，幻化成纏織的魔囈文字，召喚歷史魂魄示現。

——李靜宜　東美文化總編輯

這是一部現代寓言，也是一則現代預言，透過一位特別的通靈人，看到個人與群體的殘缺、憧憬、傷痛與抱負，命運糾纏終至分不清彼此，和解也好，執迷也好，也許永遠不會找到答案，只能持續安頓身心，繼續完成未竟之路。這是平路的通靈之術，她代世人叩問人生，自我救贖。

——邱祖胤　作家

《夢魂之地》不僅涉入台灣民俗信仰，召喚三太子，也再度回到傳奇的蔣家人物，持續關注這一個重要但鮮有台灣作家觸及的台灣歷史，既承續了平路一向拿手的歷史虛實書寫，也注入新的元素，提出新課題。

——邱貴芬　中興大學台灣文學與跨國文化研究所講座教授

台灣的歷史正義如何轉而有型？除了寄望政治作為，《夢魂之地》示範了「說故事」靈媒的力量，歷史幽靈如何上身，如何藉創傷（而非神力）告解？平路比誰都了然於心。

——施如芳　劇場編劇

充斥著魑魅魍魎和鬼話連篇的島嶼歷史，或許正需要透過小說家和讀者們一次次地耙梳審視，一回又一回對鬼影幢幢的過往召喚、超度與除魅，終能如《夢魂之地》的寓言，迎向靈光消失的年代。

——范銘如　政治大學台灣文學研究所特聘教授

平路藉從事算命祭改與穴位按摩、外省出身且能通靈的女性來說故事，書中嫻熟運用民俗語彙講本土靈幻、夢境卻殘酷的現實政治等戰後歷史，連我都著迷了。

——翁佳音　中研院台史所兼任研究員

全書遊走在虛實之間的記憶錯位與重置，平路彷彿是帶領讀者潛入一座以文字組成的愛欲迷霧森林，探索著個人與國族交織其中的宿命。

——郝譽翔　台北教育大學語創系教授

兩個寂寞異能者的相遇，竟能通靈進入台灣最後一個獨裁者的心理世界，感應他的惶惑與孤寂，並由主角個人生命史鋪陳出歷史上「太子們」的故事，映照我島曲折的命運軌跡——這是一部野心很大，然而舉重若輕的小說。

——馬世芳　廣播人、作家

平路以溫柔之筆書寫厚實之作，世態延綿，人間有苦也有情，在虛幻與現實之間，路不平，但幸好總能懷抱盼望，走下去，走下去，不會止於三部曲。

——馬家輝　香港作家

一位來自旗津大陳新村的靈媒，經由她的特異感應，人們得以回到昔日去翻攪來台外省人亡魂與後代間的恩仇創傷，不斷尋求真相和解。寓意於那個削肉還母、剔骨還父而重生的三太子哪吒的顯靈，平路不斷地逼近，讓光能照進台灣及台灣外省後裔的認同處境。

——張茂桂 社會學者

「為什麼台灣是供奉三太子最多的地方？」好個大哉問！像一枝青筆，幻化出無數的彩筆，千絲萬縷，出入虛幻與現實之間，拉出一條條隱忍的線索，探觸那所有父子心底糾纏的情愫。

——莊豐嘉 前華視總經理

精妙的筆法，魔幻的現場，在真實與想像中入迷。平路鉅作再次帶領我們窺探最幽微的時刻——關於台灣，也關於自己。

——陳芝宇 聯經出版總經理

平路巧妙地選擇了被塑造成「偉人」的男性政治人物作為主角，卻描摹出無論在公眾視野或是當事人所意欲迴避的「敗北史」，甚至是當事人脆弱且自我卑賤化的父子情結，對原有英雄／偉人形象的徹底解構，平路的意圖與策略顯然是極其激進的。

——陳國偉　中興大學台灣文學與跨國文化研究所副教授

「三部曲」（Trilogy）創作從來不易。花了十多年的時間，從《東方之東》走向《婆娑之島》，如今回到《夢魂之地》。此亦人子也，一句話讓遊蕩的亡魂終得平靜；沸騰的熱血漸漸平息。行道天涯歸來的平路，於是自在匯合、融入福爾摩沙這條長長的大河了。

——傅月庵　資深編輯人、作家

一名靈力漸失的中年女靈媒，一個涉世未深的青年，一位獨裁者之子，何以心繫同樣渴望？《夢魂之地》以細膩和氣魄，刻畫了戰後不同階層離散後代，在大、小歷史軸線交織中，奮力追尋父輩肯認的掙扎與糾結。撲朔迷離、盪氣迴腸的敘事，開拓同理的疆界，釋放掩埋在個人與集體意識底層的交響悲鳴，遙指人性的共感，許是穿越記憶與遺忘對峙僵局，通往關係修復的終極路徑。

——彭仁郁　中研院民族所副研究員、前促轉會委員

從神明「三太子」到鄭成功、蔣經國「太子爺」，以及不為父親所愛的外省移民之子、大陳島上被君父所騙撤退來台者，平路「台灣三部曲」的最終篇，注意到台灣島上充斥著被父子衝突關係禁錮的畸零人，難道是島嶼無法遁脫的宿命嗎？於是，文中藉由通靈招魂，設法追繹種種創傷造成的緣由，揭穿心結所在，這是小說家試圖進行祭改，護佑台灣新生的一片柔情，也是作者獻給台灣的強大念力。

——黃美娥　台灣大學台灣文學研究所教授

回到一個早期台灣氛圍下的民俗世界，小蔣附身，走出同島一命收驚收魂的旅程。平路在血淚政治與父子情結中，刻畫了逃不出的命運巨網，自苦的人生，以及在破口中捲出的時代風雲。

——黃榮村　考試院院長、台灣大學名譽教授

《夢魂之地》不僅與台灣政治歷史有關，也是悲憫無家可回者的小說，為與父親難以和諧、費一生苦苦描出自我輪廓來向父親喊話的子女眾寫，所有迷途、倖存的人，借一二人之身體耳口，狹路相逢。不為特定立場服務，只以小說家之眼望向幽冥，常民、大人物與神鬼之間，是創傷使他／祂波湧、匯流。

——楊佳嫻　學者、作家

平路要探索的是：在全球化、大尺度、長歷史的發展格局下，個人命運是如何地與島嶼命運交織在一起，人們是如何在一件件的事件遭遇和成長創傷中，組建出可稱之為「台灣性」的深層心靈圖景。

——詹偉雄　文化評論人

以通靈女子帶領受創男人療傷和自療為障眼，鋪陳蔣氏王朝的反攻大業與父子扞格。平路專攻心理，解剖愛恨怨嗔的夢與魂；以民俗踏查揭開神祕的靈界傳奇，諭示人生困阨無所不在，無分庶民或顯赫。筆致細膩、含蓄蘊藉。

——廖玉蕙　作家

出神入神的精采傑作！

——廖志峰　允晨文化發行人

真是精采，把台灣許多幽微的、不好說的、說出來很容易吵架或哭泣的議題與故事，縫成一部電影。你可以喜歡或不喜歡作者的角度，但不可否認的，這就是台灣，而你我已被捲入。

——蔡依橙　「陪你看國際新聞」創辦人

當然經典，絕對創意。怎麼可以有人用這麼現代的文字，有趣地把每個人心裡都有的創傷連結到國族認同，在書寫巨大歷史的同時，安慰舒坦當代每個脆弱受傷的靈魂。平路手裡的 Wi-Fi 密碼，我超級想要！錯過這作品，我不知道你當初為什麼要學華語，最重要的是，你怎可錯過善待、餵養自己的機會？

——盧建彰　詩人導演

福爾摩沙——／美麗似平路，／實則崎嶇也。
哀愁在那裡，／美麗在哪裡？
淚眼，／婆娑不起舞，／試問：／心酸為哪樁？
原來——／正因明眸有淚珠，／靈魂才會有彩虹。

——謝志偉　台灣駐德國特任大使

台灣流了太多血。每個族群都有創傷，膿包一戳，數不清的冤魂。平路在《夢魂之地》化身女巫，寫著招魂囈語，用小說為台灣收驚。我竟淚眼迷茫，跟著念：魂招不來何所從，魂招不來歸故鄉。

——瞿欣怡　作家

專家學者共同推薦（依姓氏筆畫排序）

小野（作家）
巴代（卑南族小說家）
方梓（作家）
王美琇（《自由時報》前專欄作家）
王浩威（作家、榮格分析師、精神科醫師）
王聰威（小說家）
伊格言（小說家、詩人）
向陽（詩人）
宇文正（作家、《聯合副刊》主任）
朱和之（作家）
朱宥勳（作家）
朱嘉漢（作家）
江寶釵（中正大學台灣文學與創意應用研究所教授）
何榮幸（《報導者》創辦人兼執行長）
吳介民（中研院社會所研究員）
吳密察（台灣史學者）
吳鈞堯（作家）
吳叡人（中研院台史所副研究員）
李志德（資深媒體人）
李金蓮（文字工作者）

李敏勇（詩人）
李瑞騰（中央大學人文藝術中心主任）
李歐梵（香港中文大學榮退講座教授）
李靜宜（東美文化總編輯）
阮慶岳（小說家）
林水福（翻譯家、作家）
林正盛（導演）
林載爵（聯經出版發行人）
邱一新（旅行作家）
邱坤良（作家、戲劇史學者）
邱祖胤（作家）
邱貴芬（中興大學台灣文學與跨國文化研究所講座教授）
封德屏（《文訊》社長暨總編輯）
施如芳（劇場編劇）
胡慧玲（作家）
范銘如（政治大學台灣文學研究所特聘教授）
凌性傑（作家）
奚淞（作家、畫家）
孫梓評（作家）
翁佳音（中研院台史所兼任研究員）
袁瓊瓊（作家）
郝譽翔（台北教育大學語創系教授）
馬世芳（廣播人、作家）
馬家輝（香港作家）
高翊峰（小說家）
張茂桂（社會學者）
梅家玲（台灣大學中國文學系教授）
莊豐嘉（前華視總經理）
許榮哲（華語首席故事教練）
郭強生（作家）

陳玉慧（作家）
陳芝宇（聯經出版總經理）
陳冠中（作家）
陳栢青（作家）
陳國偉（中興大學台灣文學與跨國文化研究所副教授）
陳義芝（詩人）
陳儀深（國史館館長）
陳蕙慧（資深出版人）
傅月庵（資深編輯人、作家）
彭仁郁（中研院民族所副研究員、前促轉會委員）
須文蔚（台灣師範大學文學院院長）
黃美娥（台灣大學台灣文學研究所教授）
黃榮村（考試院院長、台灣大學名譽教授）
楊力州（金馬導演）
楊佳嫻（學者、作家）

詹宏志（作家）
詹偉雄（文化評論人）
廖玉蕙（作家）
廖志峰（允晨文化發行人）
廖咸浩（台灣大學人文社會高等研究院院長）
蔡依橙（「陪你看國際新聞」創辦人）
鄭麗君（青平台基金會董事長）
盧建彰（詩人導演）
謝志偉（台灣駐德國特任大使）
鍾文音（作家）
鴻鴻（詩人）
瞿欣怡（作家）
藍士博（二二八事件紀念基金會執行長）
顏艾琳（詩人）
羅文嘉（水牛書店暨水牛出版社社長）

目次

總導讀

東方未晞，雞鳴不已——論「平路台灣三部曲」

范銘如　政治大學台灣文學研究所特聘教授

《東方之東》（二〇一一年）和《婆娑之島》（二〇一二年）以迅雷之勢連續出擊之後，平路就已經擺好挑戰台灣三部曲的態勢。儘管消息甚囂塵上，這期間，她倒是先出版了社會寫實性質的長篇小說《黑水》、兩本散文集《袒露的心》和《間隙》，還抽空再版了短篇小說集《蒙妮卡日記》。十年過去了。就在大多數人淡忘曾聽過這個傳言的時候，平路亮出了壓箱寶，一舉將傳聞晉為史詩。《夢魂之地》（二〇二四年）完滿了台灣三部曲的最後一張拼圖，更是平路創作生涯中的巔峰之作，濃縮並超越作家此前傾注的關懷以及創作技藝。平路的豐厚著作早為她博得桂冠加冕，三部曲的問世再為她的王冠鑲綴上珠寶，《夢魂之地》則是其間最璀璨奪目的鑽石。

鏡映與疊覆：雙軸、雙軌之時空

三部曲的結構，通常會採用歷時性的發展，由古至今，有的作家寫家族的幾代發展，如鍾肇政；有的作家則讓每一本故事的人物和地域各自獨立不相干，如施叔青。平路的三部曲偏向後者，唯其不依時代先後鋪排。每本小說的主要時間軸都是現代的，只不過作家總能從現在進行式的某些議題中追溯到歷史上驚人的相似，雙螺旋的時間線在對比、對話與對抗的織替中，纏繞又神奇地梳理著錯綜糾雜的縛結。《東方之東》、《婆娑之島》和《夢魂之地》可以稱其三部曲，視之為平路的台灣系列小說或許更讓讀者沒有壓力，個別的主題和故事，任隨喜好從哪一本讀起皆無妨。

這三本小說的最大共通性自是審議台灣歷史和政治。平路對此題材的書寫可算是老資格了。初試啼聲的時期，她擅長以多變實驗性的形式挑戰宏大敘事和社會議題的名聲更甚於女性書寫，中後期即使偏向個人化題材也或多或少會探觸時代性的問題。此番捲土重來，如何跟她早期經典，以及其他作家的台灣三部曲，有所區隔？我認為，是側重台灣與他者的關係性，並且以今昔作為鏡像映照。如此，在空間性的雙軸上，疊覆時間性的雙軌，以台灣為核心拉開地理的幅員和歷史的縱深。《東方之東》談論的是世紀之交的兩岸關係，對照的是明清拉鋸；《婆娑之島》回望大航海時代台灣的經濟戰略情勢，呼應冷戰前後美中台的地緣政治變動；《夢魂之地》聚焦當代台灣如何評斷二十世紀下半葉的歷史，下個世代如何從與上個世代的齟齬和傷害中成長？轉型後號稱亞洲民主楷模的台灣，如何看待始終縈迴不去的戒嚴遺緒？

歷史記憶與思索：從此地彼岸到世代關係

就短期的時間來看，台灣的對外處境變化迅速，隔個十年出頭，重溫《東方之東》與《婆娑之島》，不得不驚嘆歷史已經又快轉了好幾章節。這兩本出版於民國百年左右的小說，約莫處於兩岸來往蜜裡調油、台美關係相敬如賓的背景。《東方之東》裡的台胞抱著各式各樣的懷想和目的絡繹前往中國投資、就業、居住或旅遊。殊異文化和政經環境成長的雙方，交往交談中在彼此身上投射自己的想像和匱缺。男主角為了彼岸花私奔匿跡，英雄救美的底牌下是自我救贖；女主角惋惜對岸早夭的民主，然而落魄投奔的中國男性嚮往的究竟是自由的庇護，抑或是耳根軟的女人奉上的軟飯？理想與現實的虛實交鋒，就像小說裡相伴的順治皇帝與鄭芝龍，家常閒話包裹著鬼胎禍心，問答間誰被話術騙了，賠上的不只身家，還有國家。《婆娑之島》擺脫海峽雙邊的視野，從亞洲地緣的政經戰略位置思索帝國眼中的台灣。不管對稱霸大航海航道的荷蘭東印度公司，或者冷戰後「一個中國」座標突然位移的美國，台灣不過是工具性的舢舨。畫舫笙歌停歇，就該拋諸腦後。孤女的願望無異於女妖的歌聲，誘人暈船撞船。和在強權夾縫中擺盪的弱者站同隊，即使位高權重如揆一和美國外交官，前途就像台灣一樣可拋可棄。

因為由動態的關係性來描述國族互動，這兩部小說順理成章借用了兩性關係作為喻比。優點是，藉由綿綿情思連結起分割的時代切片，迴盪起餘韻（恨）裊裊的連續感，另外也能潤澤歷史書寫的枯燥乾澀。缺點是，以兩性交往作為國族隱喻的局限性高，在寫作模式上也屢見不鮮。《夢魂之地》改以世代關係賦比前後年代。不過，好奇台灣三部曲最終章是要處理哪個階段的讀者，開始翻閱《夢魂之地》時，應該會被作家的故弄玄虛搞得滿頭霧水，摸不著歷史在哪裡？哪裡像宏大敘述？恍悟作家想要談論的主題和切入角度時，又會為她比喻的巧思和書寫的野心拍案叫絕和莞爾。誠然，塵煙往事本來就如幽靈般摸不著看不清，真的要還原歷史和人物真相，不如試試招魂、起乩或觀落陰。小說家也幽自己一默，某種程度說，寫作和通靈確有異曲同工之處。

德希達曾經用魂在論（Hauntology）來比喻馬克思主義式微之後，馬克思思想依然陰魂不散在歐洲大陸上飄蕩的現象。時代的浪潮退卻後並不會就此封印在書頁之中，而是如幽魂般神出鬼沒，對現在和未來纏祟不休。對稱呼台灣是鬼島的人而言，供奉的最大神主牌莫過於兩蔣。蔣氏父子的歷史功過，遺產或遺毒，至今對所有台灣人猶是爭論不休的議題，左右台灣未來的走向。解嚴後的我們思索著如何定位戒嚴時期，《夢魂之地》裡的蔣經國也為蔣介石的遺業和彼此關係感到苦惱。現在既是承繼著過去，小說中的男女主角，甚至仙界的哪吒父子和從

《東方之東》延續下來的鄭成功父子，無不縈繞糾纏於兩代關係的記憶，最終也必須從傷痕中走出自己的道路。

通靈新敘事：藉民俗信仰巧闢蹊徑

處理歷史題材，尤其是這麼近代和高度爭議的政治人物，已經涉入深水區了，平路竟然取徑於另一個非常棘手的管道——民俗信仰。早年在〈郝大師傳奇〉，平路小試過將政治與宗教連結，嘲諷崇尚怪力亂神的政商名流文化，口舌間擘畫的蜃樓幻景。較之前作只在現象層的輕描淡寫，新作《夢魂之地》大篇幅描述台灣種種上承神鬼諭旨、下保氣血通暢的習俗術式，大自宮廟法會、占卜命盤、消災解厄的儀式門道，小至陰陽調和、鬆筋活骨的療法手路。為了讓宗教和政治的連動具有合理性，男女主角這兩個具有靈通體質的人在身分的安排上頗具巧思。男主角代表的是一般跟隨國民黨播遷的外省家庭，主要敘述者女主角的家庭則是在蔣經國指揮部署下一九五五年才遷台的大陳島移民——與太子爺有特殊因緣而對蔣氏父子更具向心力。雖然是層峰和基層的兩種身分，命運共同體的相近頻率使得她偶爾能夠共情小蔣的心聲處境，不分高下地回顧廣泛的外省族群的生活刻痕。

或許擔心讀者畫錯重點，小說的破題開宗明義點出：「是創傷，不是神力。」小說裡的大家長們，家和國的，都是動盪時代下跟家族家鄉分離、被迫在粗糲的生存環境中快速轉大人的男性。壓抑的痛苦和憤怒，使得他們不能善待自己，轉而濫用父權苛刻身邊的人。男女主角都在家暴中長大，女性的身分更使得女主角失怙後必然地遭遇性騷與性侵，殘破怨懟的家庭經驗也妨礙成年後發展親密人際關係的意願。即使貴為太子的小蔣，在嚴苛寡情的父親和虎視眈眈的繼母的監控中，又曾嚐過多少家庭溫暖？慘痛又扭曲的生活經歷，如何期待在經年鬥爭的猜疑忍抑中奪權的人，懂得溫柔對待他人？連結宗教的形上層次俯視蒼生，多少能增添些許哀矜的情懷來理解暴戾傷害的源頭。

理解不等於合理化。平路應該是台灣作家中寫過最多歷史名人的。她寫名人，向來不著重於月旦人物，而是自紛亂駁雜的時空情境裡抽絲剝繭出人心人性。此番搬出政治強人，既非擦脂抹粉抑非塗鴉潑漆，反倒意圖從激盪於神格化與妖魔化的兩極臧否中逼近人格化的面目。或許是這樣的考慮，小說讓女主角通靈的是老年時期的小蔣。垂暮的領袖腦海中追憶的不是什麼豐功偉業，而是大大小小的國政挫敗、錯誤與悔恨。他念茲在茲的有三個時間點，第一個是大陳島撤退，形同宣告放棄反攻大陸、固守台灣的起點；第二個是刺蔣案，刺激蔣經國體會到本省人對蔣氏政權的憤恨並感悟到本土化的必要性；第三點則是解嚴前後的波動。這三個歷史節點，標誌著戰後台灣從反共跳板到在水一方的轉變。私生活的記憶裡，多半是他與原生家庭的裂痕，少部分妻小的溫馨，以及奪人所愛的自責。不僅如此，作家有意地透過女主角的當代敘述，以某些饒富意義的地景去補充小蔣敘述線中無法呈現的歷史，例如以淑女墓去突出女性勞工在所謂十大建設中被隱沒的貢獻，以中華新村和理教公所去拆解老蔣的天命神話，並且以「蔣公感恩堂」裡蔣公讓位於觀音的難堪遷居折射蔣氏威權的沒落。

以民間的通靈文化去臆想歷史，最令人驚豔的效果，是創造出一種新形式的敘事技術。以往，平路慣常採用後現代的拼貼互文，混雜多種官方或民間檔案、公私紀錄、跨類型的文本、影音、傳說或耳語等，營造出複數且矛盾的角色和事件層向，重構真相的同時內嵌不可呈現的懷疑論。然而大量體裁歧異的典籍章句引述，斧鑿痕跡明顯，掉書袋的沉滯感磨損了作家新穎的取材或視角，隨著前衛技巧的普及，讀者感受上的不耐煩愈甚。這次透過無法以理性解釋的神力操作，反而不受限於確切來源的索引和敘述觀點轉換的合理性。小說家可以用第一人稱、第三人稱甚至全知觀點任意環繞著小蔣，還能凌空接收到（許多）身分不明的評論旁白；憑藉來無影去無蹤的所謂「靈通」，遨遊於各種文本和說詞，以閃回、嵌入或倒敘的方式擷取隻字片語或心聲，靈活出入多重時代場景，精簡有效地擴充實境。能夠將具有本土色彩的靈異文化轉化成訴說台灣歷史的敘述技術，不但獨具意義，也可說是平路畢生苦心孤詣鍛鑄出的台灣奇蹟。

＊

隨著《夢魂之地》的付梓，平路不只完成台灣三部曲的書寫大業，連帶地賓果連線起作家自己另一個小說三部曲——《行道天涯》、〈百齡箋〉和《夢魂之地》的蔣氏家族系列（還可再加上以蔣經國和章亞若為藍本的《是誰殺了ＸＸＸ》劇作）。或許受到小說靈力的測漏影響，我彷彿預見了未來無數關於這兩大系列之間，以及與其他作家三部曲的交互比較研究。充斥著魑魅魍魎和鬼話連篇的島嶼歷史，或許正需要透過小說家和讀者們一次次地耙梳審視，一回又一回對鬼影幢幢的過往召喚、超度與除魅，終能如《夢魂之地》的寓言，迎向靈光消失的年代。

夢魂之地

三太子故事講的不是神力，而是創傷。

第一書　神力

有的客人，總約傍晚來見。這一位也是這一類。窮算命、富燒香，她們屬於哪種行業，我大致心裡有數。點上香，跋杯問神明，我們這個行業，靠的是人緣，提供客製化的服務。每一位進來的人都各有所求。

杯筊在地板上跳啊跳的，「蓋杯」是答覆。這倒省事，神明不想回答問題。接下去，最重要一道是等待發爐。這個空檔，客人總不會讓我閒著。她從皮包拿出一件衣服。說是想幫她朋友收驚。

「去行天宮啦，那裡免錢。」我不忘提醒她。

「我信你這裡。」

我點支香，再一次掐指唸咒。有錢收，我什麼都做。

「來了嗎？」面對客人殷切的眼光。

我冷冷點頭。求之不可得的事，哪會說來就來了。

「是誰？」客人問。

我隨便指一指神桌，桌上一堆神尊。

「三太子啊？」

我心裡笑了，三太子總是人氣王。

「沒一點指示？」

我搖搖頭。

「又走了？」她失望地問。

再踏一遍七星步，確定香爐內沒有任何動靜。

其實，這樣的場景我見得多，誤以為自己多麼重要，芝麻小事足以上達天聽，來的是不折不扣的太子爺。不要說問事的客人，我還不是一模樣。就像昨天，覺得有個靈進來。事後，念頭閃過去，有沒有可能是祂去而復返？

不死心，多添一點靈感就好。至於上身的是誰，老實說，我在這樣衰的狀態中，什麼都不能夠確定。

「完事了？」客人回頭瞪著我，眼裡有點悻悻然。

「沒有？始終沒有來？」她不死心地問。

我猶豫著，點頭又搖頭。

「你們這種，不是葷素不挑？有東西上身就靈驗。等那麼久，答案都等沒有！」講到「上身」這個詞，她指指神桌上那些神尊。

「有時候，一炷香，做功德。」我好脾氣地解釋。意思是花錢消災，消災不成，你就當成香火錢。

磨蹭到門口，客人遞過來鈔票。我憋著氣，付的是一千元低消，還想怎麼樣？開張就不順利。我告訴自己忍住，門上掛的橫幅是「以客為尊」。不能回嘴，不必跟客人拉破臉。

高跟鞋敲著下樓梯，聽見她走出公寓大門，我叫下一號進來房間。

下一號是位男士，歪坐在椅子上，活像鬥敗的公雞。

「要我為你做什麼？」我問。

「還有沒有機會？」他抬起頭。

「吃素，戒房事，試試看。」

「就這句話？」他不死心地問。

男人眼圈開始發紅，看來是斷了指望。

遞過去一包面紙，我繼續說：「你講你的銀行帳戶已經歸零，」彈掉落在桌面上的香灰，我語氣平直，「從零開始，零欸，成長空間非常大！恭喜你，從此穩賺不賠。」

「走到下一步運，你說，我會不會，一無所有？」他又問。

闔上翻破的萬年曆，我對著那張困惑的臉笑了笑，說：「一無所有，不錯啊，就是再無罣礙。剛剛說從此你穩賺不賠，對吧，人不會賠掉原來沒有的東西。」

「放空放輕鬆。」我開解他，為了緩和氣氛。好話加減講，壞話勿出嘴，我謹守當年師娘的教誨。

抽屜多出幾張鈔票，下午就算過去了。我替自己點上一支菸，在床上坐下。

「葷素不挑？有東西上身就靈驗。」剛才聽到的是客訴？我靜靜地想。坦白說，那女客的話不是沒有理，這陣子，我狀態更差，靈力在迅速消退。每次以為看到什麼，續航力不足，電量即將降至低點，眼前的畫面又糊成一片。

我時時回想初入這一行，有過靈力滿溢的時日。從小我會擔心，擔心的始終是，爛橘子裡的一個，擺在攤子上一大堆。我，沒靈力加持，只是一個爛橘子！

＊

脫下那件寬鬆長衫，換上俐落的褲裙，我走下樓梯。

尿騷味讓我抽動鼻子，樓上老狗有尿道毛病。我在考慮要不要貼一張告示。

那傢伙舉報過我，說我在住宅區營業，做無本生意。

公寓算是鬧中取靜，鄰居水平又是另一回事。當初選擇這一帶，看中的是附近住商混雜，陽台懸起建醮迎來的燈籠，放座天公爐，隨時可以發爐問事。我這戶是兩房一廳的格局，前面客廳做接待室，另一間坪數不小，足夠放張臥榻。臥榻有個槽洞，趴下來鼻子放在洞裡呼吸，按摩肩頸時用得上。推門進去是主臥，供我自己起居。

我經常在黃昏走出門，接下來晝夜交接，在我靈感強的頭幾年，常可以接上特殊感應。就是這個時刻，我悄悄升起天線，一路遛達，希望碰到好運氣。

汽車喇叭聲響在耳朵裡，肩膀被什麼東西戳一下，不尋常的氣動？有人內心將為我敞開？這樣的錯覺誤導我，以為來了，真的來了！其實，只是腳踏車路過，那人的手肘擦碰過去。

這是黃昏覓食的時刻，一陣香雞排的氣味，下一秒，有人在舌間分泌唾液，我腦海跟著出現點餐圖像。資訊像爆炸的星雲，浮盪的香氣，雞排在鐵網架上瀝油，我注意力被吸引過去。

周圍行人的腦袋隨風飄移，他們心志毫無自主性，散漫的雜念經過我、充滿我、會不會也正在干擾我？其實，需要的是過濾機制，替我去掉雜蕪，留下有用的訊息。靈力強的時日，我隨時可以聚焦，迅速整理出重點。如同鍵入關鍵字，接著按「搜尋」，吃哪一類菜色、預算多少、餐廳排名等等，閉上眼，彷彿天靈蓋上有個顯示器。

走出那條充斥著油煙的巷道，接著，上公共汽車。我先接收一遍，像是某種速讀。公車乘客的生活攤開在眼前。傍晚七點鐘，公車上乘客的心紛紛亂：晚餐在哪裡解決，大樂透開獎日期，有人擔心減肥藥的成分，坐著的長腿妹妹想著李敏鎬，順利分泌動情激素，今晚就不必再佯裝高潮。處處是零散的資訊，垃圾進來、垃圾出去，跟我沒什麼相關。

公車上建國高架，行經仁愛路。有人說這裡的風水有問題，讓住戶惹上官非。從胖達人到頂新魏家，多年來就這樣，住此地的名人會出包。近處有條高架路環繞，據說是帝寶的「攔腰煞」。傳出這種話或者攙著酸葡萄心理，從人行道看進去，誰都會羨慕帝寶的庭院幽深。

一位老女人推購物車，一袋袋衣物跟著走，今夜睡在車站的地下街……好像撞上自己的晚景，我，沒有家庭、沒有親人，我這人誰也不理，會不會到頭來誰也不是？

晃蕩一個晚上毫無所獲，接近子時，我又回到自己的地方。

午夜是問事另一個高峰期。據說，拜四面佛的地方也是如此，跟顧客屬性有關。賣花的攤子做晚班，愈夜愈是生意高峰。

進來的第一位，四、五十歲的女性。

「十年一個關卡。」我說。

「以後，我每十年來問一問。」她點頭。

以為是在繳房貸？過幾年就該重新核算，景氣好再貸個第二胎；景氣差就寄望調整利率。

看我不說話，她抬起頭問：「再十年，比較順？」

我嘆口氣，客人來找我，問來問去，離不開這類問題。

女客正朝我臉上仔細看。進廠維修十年一輪，她在估算我這廠還可以撐多久。她冷冷打量，看來欠保養，長期有睡眠障礙，搞不好比她先老、比她先死……我可以猜到顧客心裡在想什麼。

「再十年，有幾步好運。」我隨口答。

自從入這行，看過各式各樣的人。結束前我例行說，還有什麼想問的，偶爾我會看心情鼓勵兩句。師娘說的：「乞食都有三年好運。」運勢總會上下起伏，好好壞壞，差不太遠。客人聽些垃圾話應該無害，許多時候甚至有幫助，這世界上真有這麼多尋求安慰的人。

下一位，上班小姐，問的是情事。

「怎麼樣做，他能夠回心轉意？」

「每個床角放一枚銅錢。」

「再不行，」我加碼講，「還有身、口、意加密的方法。蘸點雞血塗在掌心，那是『身密』。」

「贏回他的心？」女人眼裡浮出希望。

幾乎衝口而出，這可湊巧，我們想到一塊去了。是的，我想的是那個「祂」，能不能回心轉意。

接著，我默不作聲，替客人點一支香。我當然了解，怎麼會不了解？盼一點溫存有多麼難，就算是幻覺，幻覺也好。我了解，不是因為帶天命，而是我恰好也在那雙鞋子裡。鞋子又溼又冷，腳趾在鞋子裡僵住了……

客人都離開後，我輕揉太陽穴。剛才，為客人發爐之間，感覺到些微動靜。是我極度敏感？還是我過度渴求？之前可不是這樣，之前身旁有祂，祂跟著我。靈力高的那幾年，問事過程一定有祂跟著。說到對的點上，我可以聽見對方的心噗噗地跳；繼續說下去，眼前還有連續畫面，我聽見自己的心噗噗地跳。同樣節拍、同樣震盪，兩個人的心都噗噗在跳。

祂的心還是我的心，誰在那裡噗噗跳？

清乾淨神桌上的香灰，屋裡一下子非常安靜。

點支菸坐在藤椅上，我打量自己這間公寓。請回來的幾座神佛，放在面前木龕裡。木龕是從寺廟的佛座上拆下來。不，不能說「拆」，這種事要說「請」，「請」來的才會靈驗。牆上掛一張唐卡，唐卡是織錦的綠度母；茶几擺著喜馬拉雅來的鴿血鹽燈，加幾滴精油，用來吸收屋裡線香的味道。

木龕前放個蒲團，客人走了，我自己跪下去拜三拜。剛才，說了不少痟話。我這一行，身上帶過天命，總還是心存神明。

屋裡垂著帷幔，在白天，窗玻璃透入一些自然光。到晚上，幾支裊繞的線香，一縷縷彷彿能夠通上去。這裡不是宮廟，卻也得營造出某種氣氛。科儀太繁瑣，靈力不足倚靠的時候，我的賣點是客製化與個性化，簡單說，就是異業結合。紫微八字屬於基本款，遇上疼痛急症，需要通通氣，按壓推拿也是選項。我牢記幾個肢體大穴，湧泉、神門、足三里，遠離各種臟器，掐按下去絕對不會死人。指腹用力，我重一點輕一點，這種事加減會。近幾年靠幾套江湖把式，問事的人勾菜單一樣，做什麼自己挑，選擇多叫作多元，服務業就是聞聲救苦，滿足各種需求。

師娘曾經告訴我，有個處理手法一定要學，搖搖鈴就收錢，至於「改」了多少「解」了多少，沒有人真會介意。聽的時候我正在高峰期，只要開口，怎麼說怎麼靈驗，沒想到命運青紅燈，如今走上這一步。

桌上一堆命書，我長期在自修。當年借住宮廟，閱覽室堆著許多書，信眾捐來的所謂善書，養生書翻譯書文學書，什麼書都有。我會去找好看的，記得還翻出一本《肉蒲團》。其實萬法歸宗，到頭來一切唯心造，每本書都寫著窮通的道理。

取名字最簡單。三個字排成一列，前一個字與後一個字的關連。用的是倉頡造字的道理。

八字比較難，需要費心研究。桌上攤開一本厚書，這一頁是名伶梅蘭芳命造：

甲　甲　丁　癸
午　戌　酉　卯

底下附注卻寫「姑誌存疑」，這算啥小？既然存疑，何必登錄進來？算命的書都如此，找些名人來研究，至於那位號稱第一才女的命造我也看過，梁思成碰上了算他倒楣，典型的官殺混雜。幾個男人卻為這才女傾心，姓金的哲學家一生未娶也甘願。我想著自己的八字，瞪得眼睛脫窗也沒用，真的，命裡沒有就是沒有。天命注定，我能夠怎麼辦？

還有另一位大人物，「庚戌、庚辰、壬戌、丙午」，殺旺身弱，整條命竟然無貴可取。真的假的？按說權勢人物的八字是祕密，不可能流落民間。那個「丙午」最可疑，降生若真是午時，這一柱事關重大，無滋生之力、無調和之用，注定了外盈內虛、孤苦一生。孤苦一生後來驗證是對的，據說連闔眼時都是孤伶伶一個人。最奇怪的是，攤開這人的八字，我不敢定睛看。每次想要低頭仔細看，眼前就亂冒金星。

眼睛看累了，我坐進浴缸。放滿熱水，身體泡下去。

「讓我深愛過的人，愈來愈陌生」，我輕輕哼。不是愛，我想的是依靠，想著的是全身彷彿通上電流，靈感在高峰的狀態。

當年，靈感隨時會來。瞬時間，腦袋飛躍著各種想法，像跳出水面的魚，應該是月光下紛聚的魚群。一千條一萬條。靈感接連不斷，又好像窗玻璃上刷刷掛下來的雨水。我在紙上飛速地寫，趕不上腦袋裡的意念，有時夾雜畫面，有時加幾句偈語，有時更附贈一帖藥方。說中了，聽見別人的心噗噗在跳——我遙想當年的黃金歲月。

豈止神通，那是隨時通神。一條直通的熱線，我隨時搭接上去！近年，只有短暫幾次，回返過那般風光。鎖定目標，期待接通電流，而那個分秒，手指有了感應。採花蜜的蜂鳥一般，鳥喙出出入入，我指尖聚集著能量，正在激烈震盪。震盪愈大，脈衝頻率愈高，我抖顫的動作愈強，腎上腺素飆升得愈急，跳躍到頂峰的時間愈快。登頂了，什麼在瞬間擦撞，那一秒鐘，我與靈力互通有無，渾然成為一體。

接下去，動作小了。食指微微彎，那是前後在伸屈，彷彿戴蛙鏡入海，由食指領航，摸到水裡的斷崖與窪谷，有些地方可能觸礁，應該繞路而行。我偏身彎轉，揚起海底一片沙塵。

近年靈力很少降在我身上，頂峰經驗出現過兩三次，只是短暫回返。之後，又是一片死寂。

日日夜夜，繼續等待信息，幾個月沒任何動靜，我陷入難以形容的焦灼。更糟的是耳朵裡那些亂訊，一堆聽不清楚的雜音。夜裡醒來坐在床上，小小的錘子在敲打耳鼓。抱住腦袋，拳頭猛擊床板，哪裡有一枚靜音按鈕？

耳塞沒有用，聲音是在我耳朵內裡。錘子敲呀敲，夾雜著人聲。不同的語氣交疊出現，像偈語像咒語像囈語，有時清晰有時模糊，前一句，像某個人在獨白；

後一句，又像電腦傳來的混音效果。偶爾，還聽到嘈嘈切切的哭泣。

我捧著腦袋，兩邊太陽穴加壓，緊摀住耳朵，鼓槌在我耳蝸敲擊、聲波在我耳廓旋轉，速度愈來愈快，一顆隕石加速撞向地球？活過一回、死過一回，聲音似乎在說「不想活了」。是誰，不想活了？

從來不想活下去。

死的念頭，在心中迴盪……

許多日子後，我才知覺到耳朵裡的雜訊是前奏、是序曲。後來回想，那些聲音敲在耳朵裡，其實是在引領，像埋下伏筆，愈來愈接近我的命運轉折點。

那天傍晚，桌上的命書物歸原位，泡完澡，清理一下香灰，出門時間比平常晚一些。

站在巷子裡，眼皮急遽跳動，好像感應到什麼事即將發生。後來我低頭看錶，差十五分鐘九點整。記下進入捷運站的時間點。

捷運車廂內，我拉著吊環，人聲、汗氣，年輕媽媽道聲歉，嬰兒車正輾過我腳面。雜亂的聲波之間，突然間，一個訊息特別清晰。我稍稍挪動腳步，確實有動靜。有人身上帶有靈力。我靠著一點點直覺，與目標靠近，這種時候，期待的是眼前的人門戶洞開，不設防禦機制。我繼續凝聚心神，由著意識往前探路。對方會不會也感知到我？雜沓的氣息中，好像電池快耗盡的手電筒，我這裡只剩一束微弱的光。

自己靈力衰弱，就容易變得疑神疑鬼。我注意對面女子的一個動作，似乎牽動我這目標的目光。不不，不可以出現更強的競爭者！

剩下一點靈力，我費勁地放送訊息，如同啞了嗓子的人試圖拉高分貝。這邊，注意我，注意我這邊。

這邊這邊，探照燈打過去，是的，就是他，我益發感受到來自這個人的特殊氣息。像一條求偶的魚，我拚著力氣擺動魚鰭，是我，我像那條魚，在水草之間，吐出一堆泡泡，這邊有掩不住的情意。

腳步慢慢挪移，我朝他站立的方向靠近，透過指尖的敏感帶，我有感，確實有感。尾指在微微搖晃，那是非自主的震顫。震顫由神經末梢傳進手臂，身軀開始前後晃動，車廂底部摩擦軌道，我手腳正在水舞，像是滿潮時刻踩著浪尖往前走，出現海浪的律動。

下一站，車門打開，震顫止住，我失去那種感覺。確定的是，這人急著下車，沒有在意我，對於努力擠到他前面的人完全無感。

一晃眼，瘦高的身影已經走出車門。

那人不見了，接下去是悔恨的日子。哪裡去找他？每一天差不多時間，九點前後，我在那人下車的捷運站附近四處張望。

那天是我腳步慢，轉眼失去他影蹤。我告訴自己再等等。希望運氣好，他是有固定行程的那種人。

捷運站人來人往，望著一雙雙毫無回應的眼神，我想又是失望的一天。儘管天天空手而返，只要有一線機會，我就不會放棄。

盯緊一丁點有可能的悸動，都是因為自己狀況不佳，這兩三年，我長久處於枯水期，遊魂一般過日子，失去的也是季節感。電扶梯一路下行，迎著風有點涼意。現在是哪一季？夏初？秋末？自從上一次靈力離開，時間變得毫無意義。

對著上門的客人，捧一本命書照唸，聽著像在唸乾稿。等的是哪天運氣來了，交通工具上，或者任何公共場所，靈力串接到我身上。應該不只我，帶天命的都有這份需要，或者交換或者竊取或者強奪，客運大巴就是動手腳的好地方，躲在後座的暗處，眼光透著猥瑣。彷彿一隻臭蟲，在黑暗中沿壁爬行，伸出兩根觸鬚，感應到另一個同類的存在。

有時候也是競爭關係，好像去到特定地點抓寶，稀有寶貝先下手為強；又好像遊戲機上多人競技，格鬥的是我？選上的是我？點擊精靈球，吞下大力丸，能量即刻提升，跟著祂在時空中穿梭，還能夠讀出周圍每個人的心思。

靈力空虛時，就是巴巴等著。我們這種人，總在期待下一回，遇上降下來的祂。一丁點騷動也神經兮兮，以為是轉運的機會。

那天在捷運上看見那個人，就讓我燃起希望。一張清純的臉，對我這樣的老手，直覺是送上門的天菜。

這個傍晚，上一班捷運剛離站，我走下電扶梯。那分秒，奇蹟出現了，我在人群中瞥見他。就是那人，瘦高的身影剛下捷運。一陣小快步，我往前擠。距離他愈來愈近。

從後方跟住。悠遊卡嗶一聲，隨著那人我快步出站。

街道在上方。地下通道中，紅線綠線交錯，捷運站往地底深鑿三四層。我這行業的人隨時接地氣。走在地下停車場也一樣，凡是陰蔽的所在，想著水流公、萬善爺、姑娘廟，還有岩壁裡的十八王公，我默默在嘴裡唸「淨天地神咒」。

電扶梯上一前一後，眼看隧道口有光，我搶先一階，靠近那人。「後面，」輕拍他肩膀上的背包，「記得拉拉鍊。」我說。

其實是我動作快，前一秒跟在他背後，把背包拉開一條縫。

他謝謝我提醒。

我說小心閒雜人，而自己熟悉這裡，因為工作室不太遠。

他靦腆笑了笑。

跟著他步向人行道。我扯些有的沒的。目的是不讓他脫鉤。

半晌，他禮貌地回話，說我提到工作室，問我做什麼工作。

「我幫人喬，」喬氣運、喬骨骼，這時要說哪一項？

「後面看你，右邊肩膀歪斜，是不是也偏頭痛？」放柔嗓音，我關心地說。

脊椎長長一條，鐵定有不舒服的地方。我通常一說就中。

接著要有行動。

由小腰包抽出名片，手指迅速找到「精油治療」那一張，上面有工作室地址。

腰包裡我總裝著不同顏色的名片，粉紅色那疊是「論命／解惑」，淺紫色是「刮痧／鬆筋」，淡藍色是「收驚／祭改」，但凡功名不順、貴人不旺、桃花不明、心情不寧，走進我工作室都有救。

他雙手接過一張。抱歉說他自己沒有名片，正要去教課。

「是位老師。」我滿臉堆笑，用語氣表達敬意。

「不是什麼老師，」他臉紅地搖著手，「教外國人講華語。」

我在心裡想，稱呼「老師」怎麼了，人家不也都叫我一聲「老師」。接著我自報姓名，當然是想知道他的。

「我叫彥青。外國人叫我『青』。」

「彥青，」我重複一次，「彥青，名字不俗氣。」叫出人家名字，立即拉近了距離，屬於我的職業訓練。

*

接下去幾天，到傍晚我會期待，有人按樓下電鈴。

枯候的日子裡，其實我相信感應，給出一張名片，像是把定位裝置丟入他背包，我這端是牽引的力量，注定要牽引一枚迷茫的靈魂。

怕的倒是彥青沒有經驗，上次捷運見到，就察覺他很老實。用電腦語言做比喻，這人的 Wi-Fi 沒有密碼保護，完全不設防，誰都可以分享他網路。我想著一堆盼望接上靈力的同行，他們比我狠準，循著彥青不自覺放送的電波，別人也會偵測到他位置。

一日一日過去，用念力繼續召喚。想著我自己是一塊磁石，不停放出磁吸力，腳步聲愈來愈近，我擬想是彥青走上公寓樓梯。

一個星期過後，彥青果然來了。

按捺下心情，當一般客人處理。等他脫下鞋，平平趴在臥榻上。頭朝下，口鼻放進槽洞裡。手指碰觸到他身體，「筋太硬！」我搖頭。碰到新客人，不必問狀況，這麼說成了習慣。客人躺在陌生的床榻上，一定渾身緊繃，不可能立刻放鬆。

「別緊張，讓我幫你。」我說步驟是先刮痧，接著再搓揉筋絡。

手指觸到他腰窩，彥青一陣躲閃。我心裡好笑，幾歲的人啦，還像延遲發情的青少年？一面繼續指壓，同時我用心念，推一根探針進去筋膜。一點點深入，彷彿踩在柔滑的地毯上，我指腹挺進，順著手勁，潛入彥青的內心。內心是個統稱，意思是層層疊疊的意識層。

滑進彥青的意識層，我指尖像條魚，游向另一條魚的肚腹。經由皮膚，通過神經末梢，指尖碰一下觸控桿，閘門解鎖，闖關遊戲開始了。

時機緊迫，彥青眼皮不再迅速跳動，他昏沉的瞬間很短暫。趕緊退出來，我得快快離開。就在這時候，其中有一秒，不，千萬分之一秒，觸電一樣，碰觸到什麼，靈力突然增強？我耳朵裡的雜音變得清晰——真的，這裡有，彥青身上確實有我想的那個「祂」！

平庸，每個兒子都會擔心這兩個字，印在父親眼眸裡。

只是個孩子啊，什麼人用人子的角度看他？

訊息讓我吃一驚，不明白指涉什麼，那一剎已經過去。我睜開眼，看見彥青困惑的面容。他急急問：「剛才睡著了？」

我笑著搖頭。

彥青望著我說：「感覺很奇怪。」

這個時刻，很難對彥青多說什麼。我簡單回答：「幫你放鬆，你剛剛放得很鬆。」我又說：「你可賺到了。花大筆錢，躺進高壓氧的漂浮艙，就是這種感覺。」

我微微笑看著彥青，彥青的臉一派天真，他心念也很乾淨。可惜時間太短暫，我剛進去就要出來，來不及一層層深入。

自從彥青出現在工作室，我刻意把客人排早一點，下午準時結束。等待彥青過來，生活變得很有目標，懸在心上的就是這件事。需要費時做的事，出門看風水之類，都擇期再辦。

那天，正替人揉搓筋骨，我眼皮猛烈地跳，猜是彥青來了。

彥青躺在臥榻上，簡單幾句問答，知道他痛點在哪裡，我手指加壓。「筋稍微鬆了點，會不會用力太重？」按完手腕的內關穴，我指尖移向列缺。「現在，更鬆一點？」我溫柔地問：「太忙太累？工作緊張？」

我指尖調整力度，釣到的魚在手裡慢慢搓摩。

＊

幾個星期下來，接近靈動的機會僅僅一回。

那一次，彥青閉上雙眼，他有睡意。瞬間機不可失，我繼續深入。上次算開箱，這次，進去下一層意識。我指尖彷彿有破關密技，點一下碰觸面板，萬花筒一樣，三百六十度實景環繞。鏡面次第打開，過去與現在交疊出現。

有機會？連結起靈力嗎？那一秒鐘，進階成功。我這一台老舊手機，安裝上嶄新電池！不，不只嶄新電池，彩蛋來了，得到整整一大個「戰利品箱」。

誰的聲音？那一秒鐘，耳朵裡竟是完整句子，每個字可以聽得清楚：

可憐的孩子，他連日記都寫得戰戰兢兢。

他這一生，幾乎，沒有一天好日子。

持續一兩秒鐘，聲音消失。彥青快醒了。

我聽到什麼？聲音指的究竟是誰？想要聽清楚，雜訊在干擾，聲波忽強忽弱，在耳朵裡攪拌成一團。

瞪一眼旁邊的彥青，我嘴裡無聲地唸咒：「上通神靈，下貫體內，急急如律令。」沒有效，仍然是一堆雜訊。

「多睡一會，別睜開眼睛。」對彥青說。盤算是等他進去深度睡眠，我再想辦法深入，在他意識裡留久一點。

上一回，彥青睡意久不來，我暗示還有別的方法幫他忙。按摩可以、推拿可以，哼催眠曲也不是問題。

指尖按住彥青臀部的環跳穴，「酥？麻？這樣的力道好不好？」我不停地變換手勁。或許是急了，需要盡快宣示主權，彥青屬於我的私有財產。在我眼裡，彥青像闖入叢林的小紅帽，外面不只我，需要靈力的人都會收起大野狼耳朵，戴上祖母的睡帽，對他哼催眠曲。

「快快睡，我寶貝，窗外天已黑，小鳥回巢去，太陽也休息……」我嘴裡輕哼，彥青眼睛卻愈睜愈大。這一陣，倒是偵測到一件事，彥青對女性的溫柔很陌生，從沒有人哄過他睡覺。

手指往內側移動是居髎穴，愈來愈靠近他大腿根，這個穴位專治腎虛。想開個玩笑，但我只敢在肚子裡說：「不如我們做『全套』？」我猜沒有人這樣逗過他。這段時間，百分之百確定，彥青不只對身上靈力不明所以，男女的事也純潔如一張白紙。身心斷開了，無法知覺到身體的需要，倒是我們的相通之處。這些年，對男人那根屌，我早就沒有任何感覺。

我手肘又搓又壓，彥青的睏意就是不來。魚已經上鉤，餌含在嘴裡，卻要等這條魚用力咬一口，才可以收竿。

「靜下心，放空。」我用語言誘導。

我手指不停加壓。彥青反倒不好意思，直起身子，問我：「你累吧？」

「每天都這樣。」手指繼續施力，我接著說：「沒人養，出勞力養活自己。」

我順口胡扯，彥青卻認真起來，安慰我說：「不只幫人推拿，你還會算命，用頭腦，那是專業。」

「聽過？貧、孤、夭，才會開館。」臉上帶著笑，說起自己的事，語氣不覺有些慘淡。「我們這一行，跟別人不同。」我又說。

聽著，彥青眼裡充滿同情。

「沒，沒不同，我跟你一樣，一樣慘。」半天，彥青嘴裡蹦出這一句。

我聽著彥青的嗓音，其中有什麼，他說我們「一樣」，「一樣慘」，是觸機嗎？瞬間，我手指突然出現反應。浪頭高起來，我指腹推在彥青斜方肌上，那是翻覆一條船的力量。接著退潮，肌肉的勁道將我手指彈出來。

我借力使力，手指繼續發功。彥青吐出一口氣，我清楚感覺到，他氣脈通暢了。莫非在通關，他在解鎖封住的記憶？我手指與彥青心念，這瞬間，居然出現奇妙的應合。

卡片上打勾，記下日期，今天的進展是氣入中脈。彥青坐起來，撿起床板上的外衣，準備離開。

扣好襯衫領口，彥青似乎想拖延時間，閒閒地問起桌上的籤筒哪裡來的。

「網購，」我說，「籤筒在露天拍賣上有。網路什麼都有。」「輸入生辰，還可以排命盤。」

我又說：「不過，人們寧可面對面，聽人講解。」

「學語言有網路課，人們也是喜歡實體，一對一面對面。」彥青提到工作，多出幾分嚴肅，「滿足個別需要，設計客製化課程，我們兩人的工作形式很像。」

彥青愈是一本正經，我愈想發笑，他硬要把自己說成跟我一樣。

我笑著回：「這一行有許多眉角，哪像你教課？」

「不同在於，有神明幫你。」彥青指著桌上一堆神尊。

「也不是有求必應。」我說得很真心，有時候沒有保庇，不但沒有保庇，還連上一些甩不掉的東西。下一刻，太奇怪了？對著彥青，不相信我嘴巴張開正在訴苦：「最近，知道有多煩？」絮絮叨叨，我竟然在形容耳朵裡那些聲音，我說，像是波段出問題的收音機。頻道轉來轉去，斷斷續續，聽不清楚，早應該汰換的收音機，轉不到對的頻道。

「想看新聞，卻轉到一堆奇怪的購物台，電視掛在牆壁上，整個晚上光影跳動，沒辦法闔眼。畫面跟某件事似乎有關係，懷疑跟自己也有關係。聽不懂、看不明白，卻又不能不管。」

我在抱怨，有人即時做回應？耳朵裡的訊息變得清晰，好像扶鸞時突然出現乩文：

太子，那是很容易出錯的位子。

太子身分，成為他人生無以返轉的詛咒。

雜訊為什麼變清楚？聽明白的兩句是什麼意思？沒頭沒腦，這樣子隨機播放尤其讓我抓狂。這一刻，我真想搖搖彥青手臂問他：「你懂嗎？『太子』？為什麼是『太子』？」

彥青在狀況外，是我出了狀況，我竟想講給彥青聽，而剛才，又是怎麼開始的？怎麼會對著彥青喋喋抱怨？因為憋得太久？卡在喉管裡的事，沒跟別人說的事，常年卡住，像卡著剁下來發誓用的雞頭。找我問事的人對著我傾訴，倒垃圾一樣，恨不得倒出來所有倒楣事；卻不願意多花一分鐘，聽聽我身上發生的事。彥青卻是真心的，他真心問起我的事。他靜靜地坐旁邊，專注在聽我說⋯⋯

搖搖頭，不對，不是因為彥青。吐出這些話，那是因為有個搗亂的祂在我周圍，祂喜歡惡作劇。不是第一次，祂習慣讓我在人前出糗！

近幾年，祂突然上身，令我做出一些奇怪的事。然後祂又突然走掉，我毫無反應時間。有時候，剛從另一個人身上離開吧，大概在別人身上鬧夠了，停佇我身上；接著，翅膀掠過我，趕進度一樣，又去附身下一個人。

將祂想成討厭的蚊子，吸完血，拍一拍翅膀飛走，是我沮喪時恨恨的想法。更可恨的是，前一次經驗沒有完全結束，身上的東西還沒有清乾淨，祂又回返來。這些年裡，童年玩伴不再出現，長長一段時間，必須周而復始應付搗亂的祂。

懷疑有各式各樣的祂，有的祂以整人為樂，讓人失控、讓人出狀況，屬於祂的娛樂項目。然而，我的矛盾在於痴痴等，以為小時候那個「祂」隨時會回來。我快步跟上去，「祂」就會牽著我飛高高，一路穿山越水，朝好玩的地方翻騰過去。

眼前這個祂，捉弄我戲耍我惡整我，看準了我靈力正在低谷，祂捏住我喉嚨，目的是劫奪我最後一絲靈力？這個剎那，耳朵裡低低的一串聲音，吐字很清晰，一個字一個字聽得明白：

三太子故事每一次輪迴，都有試圖與自己和解的靈魂。

一生不夠，一次次返轉，想要回到出差錯的時候。

我回神，望見彥青受驚的一張臉，意會到自己恍惚了一陣子。我趕緊說：「嚇到了吧，這屬於你經驗之外的事情。」

「經驗之外？」他愣著。

「看過神轎一直搖？」

彥青搖頭。

「七爺八爺出巡？」

彥青搖頭。

「陣頭尬來尬去？好好玩。」我說。

彥青還是直搖頭。

「經驗真有限。」我嘆口氣。

「我知道土地廟，福德正神。」彥青說。

我隨口唸一句：「莊頭莊尾告天庭，土地公公路途報分明。」

「土地公公很親近，像里長伯，你家附近一定有。」我說。

彥青想了想，說：「大樹下有那種小廟，不敢靠近，我爸不准我亂跑。」

這瞬間，我心裡納悶，倒想起有些孩子是這樣。小時候，村子裡的孩子確實是跟外面孩子不一樣。

望著彥青不解的神情，對他經驗以外的事物，決定換別種方式向他解釋。我早有些準備，預防有人過來踢館用的。嫌棄我沒有師門、懷疑我沙盤裡的鸞筆嗎？

我會搖著腦袋說，當年《太乙金華宗旨》，可也是扶乩寫成。踢館的如果跟我比學歷，我會搬科學，靈力是粒子？是波動？順便提一兩個名字。我說，翻翻科普書可以讀到，有位薛丁格確認過，宇宙之間，存在叫作「電磁波」的奇怪東西。

溢出的波，像是水灑在虛空中。

「靈異現象？」彥青問。

「不是靈異，而是靈力，或者說，那是特殊的靈感。『上身』，這個名詞很真切，感覺『祂』在身上。」指著鼻尖，我說：「靈力上來，鼻尖跳動一下，有特殊的感覺。」用手指摩擦鼻尖，我心想的是修復的影集《神仙家庭》。

彥青坐直身子，有興趣地問：「靈力，上來會知道？」

彈落手指上的菸灰，我說，每次經驗不同，有時在眉尖，有時在眼尾，出現閃光、出現微顫，鼻子敏感的人，嗅到一陣檀香飄過來。

我說得很高檔。一次，鼻子裡確實聞到資生堂的蜂蜜皂，氣味不錯，聯想起一系列護膚產品，我像狗一樣猛吸鼻子。大多時候，卻因為氣味難聞而我必須閉住氣，氣味包括米酒、綠油精、蚊煙香、撒隆巴斯，一層掩映一層，各種氣味交相出現。好似走進「休息」的小旅館，打開冷氣，搧動鼻翼，隱約聞到被單上的分泌物。味覺是敲門磚，然後，視覺系開始了。先是帶點濛濛的光，然後看見地址、手機號碼、畢業學校、成長背景，關於這個人，一個一個抽屜打開來，抽屜角落的灰塵揚起來，布幕拉開，全部看到了，整個人攤在我面前，掏心掏肺，讓我一次把人看清楚。

看懂一個人只是初階，我最期待的是，跟著靈力跨越時空。靈力來了，宇宙壓縮成一張紙、一張餅，可以捲、可以折疊，可以握在手心裡。時空倒置，因果重新組合。火從水裡點燃，水在火裡奔竄，老人由棺木中誕生，嬰兒從子宮裡死亡，而「祂」再度降臨，每個人身世顯示錯綜的源由，同時得到和解的機緣。這些事不可說，還不能夠告訴彥青，說得太多會嚇跑他，我需要他身上的靈力。

第二天傍晚，彥青過來做肩頸。

彥青坐定後，我走出去，把大門上「營業中」的招牌翻面，確保沒有人打擾。

彥青狀況頗有進展，推拿很輕鬆。前一天的對話還在我腦袋裡盤旋，揀些淺易的字詞，我要再解釋一遍當年那個「祂」在身上的感覺。

「像朋友？」彥青問。

「可以這麼說。」我回。

我指尖用力，彥青吐口氣，嗨了一聲。

鬆開推拿的手，點上一支菸，我的形容是：「陪伴，你明白吧？」

「像你手裡一支菸？」彥青問。

我點頭，笑笑。

動一動夾在指頭中間的菸，彈掉菸灰，我說：「感覺是『祂』隨時在，知道我心情。」

跟彥青講解這些事，我也不懂自己心中想什麼。難道在期待生活中有變化？出現一個可以講講話的人？想要告訴彥青的是從前，我曾經有充沛的靈感。那時候，祥雲罩頂、元神煥彩，腕肘在沙盤上移來移去，盤裡是飛快躍動的鸞筆。都過去了，心裡剩下一絲絲旋律，我想念那段巔峰時刻。

通天達地
出入幽冥
耳邊祕密
句句訴真
急急如律令

我敲敲菸灰，翻轉夾香菸的手指跟彥青說，「祂」陪伴我，理解我。我說，彥青你試想，進去一處陌生場合，人聲嗡嗡，敵意眼光在衡量自己，唯有這支菸，夾在中指與食指間是倚靠。緊張到喘不過氣，快沉下去了，溺水時候漂過來一片浮木，有樣東西陪在旁邊的感覺多麼好。

嘆口氣對彥青說：「就好像啊，我總想找回來失散的家人。想想我那些無緣的家人，等我死後吧，他們會回到身邊，陪伴我。」

聽見「家人」兩個字，彥青從臥榻上坐起身，表情很掙扎。半晌，大聲喊：

「不要！不要！不要看到他！我爸住榮家，我是不孝子！」

「不孝子！」彥青在嘶喊。

三個字產生回音。回音嗡嗡不絕，在我耳朵裡持續振盪。

彥青總是平和溫順，這一刻很不一樣，喊完了，他嘴唇還在微微抖顫。「找回來」，我一直用這樣的字句。「找回來」，我想把媽媽找回來，媽媽會幫我擦眼淚。我爸說媽是壞女人，但我一樣想念她，想著她就覺得相親。彥青卻對「家人」兩個字充滿反感。「不孝子！」不孝？彥青的激烈反應讓我意外。

言語不對盤，不知道怎麼接下去。沉默一陣，彥青開口，換了個題目：「你上次說雜音，又說找不到頻道的收音機。那以前，以前比較清楚？」

「靈力的事，很難講具體。」

「為什麼，後來沒了？」彥青問。

這一題我閃避，還沒想好應該怎麼說。轉移彥青注意力，講個讓他目眩的故事。

「從前，」我說，「靈力總在不遠的地方，打一個召喚的手印，『祂』會降駕到我身上。」說的是最好的時候，每天睡覺前，閉起眼睛就有很多畫面，甚至能夠預測未來，很早我就看到地搖山移，豪雨必然成災。當年沒有人可以吐露，我只是暗暗覺得不安，「後來，都發生了呢！」我說。

我跟彥青說，那時是一九九〇年前後，距離九二一大地震還有十年。我在台北上夜校。所謂東區，剛出現幾棟高樓，「信義計畫區」還是個模糊概念。靈力強的那些時候，我閉起眼，竹節狀的摩天樓在一片水田間挺立，後來才知道，正是今天一〇一大樓的形貌。站在公園滑梯上，半空升起整串霓虹燈，我預見百貨公司以長廊連結。接收到來自蒼穹的綠光嗎？竹節之間噴出火焰，如今台北市最夯的跨年煙花。當年，滿腦子璀璨的圖像。

半真半假，句子中有什麼，像塊磁石，吸住彥青的注意力。

低下頭，彥青久沒吭聲。

我隨口說：「你身上一定也有些怪事！怕講出來，不敢對別人講。」

彥青思索一陣後開口：「在學校被人揍，怕回家被我爸發現，對著鏡子，摸摸臉頰，希望瘀青趕快消失。再看一眼，居然整個不見了……

「那次放學，我爸在幫忙監票，突然間，學校禮堂整個停電。開完票，燈又亮了，電全部回來。」瞇起眼睛，彥青想起來更多事。

這瞬間，耳朵裡嗡嗡聲響如雷鳴。聲音的震盪連動太陽穴，頭皮在發脹。「夠了！」我打斷彥青。不想聽下去，開票時刻停電，這類事很普通，我見過更扯的，那個年代，狗皮倒灶的事情不缺這一樁。

彥青下樓梯。我關門，嗡嗡聲在耳朵裡迴盪，字句愈來愈分明，每個字變得清晰，是悲嘆？是哀求？圍繞著一個人嗎？

他手上有血，不，那是他父親手上的血。

饒了他吧，他在替父親受過。

躺在床上，我心裡爆氣。這些聲音是怎麼回事？為什麼盯上我？為什麼跟著我不放？

坐起身，踢一腳地下的蚊香盤，我氣呼呼地想最可能是祂，還是祂！一個過路的祂在我周圍。一次又一次，祂在惡作劇，我才會陷入迷離狀態。

回想這一陣，愈來愈頻繁，不該說的話衝出嘴巴。好幾次，我突如其來，想要向彥青告解。我時時有份衝動，想要對彥青攤開自己。怕的是愈來愈失控，愈來愈難以收拾。前一回，彥青躺在床上，眼看彥青快睏著了，望著他稚氣的一張臉，我一陣恍神，記起被人疼愛的小時候。對著彥青，我遙遙回到童年。

「別用手！」「指月亮會被割耳朵。」我媽溫柔的聲音。四、五歲吧，我有媽呵護，那是我的好時光。媽去賭局時會把床上的枕頭放直，她說那是在招財。「別跟你爸講。我是去賺加菜的錢。」媽這麼說。媽最有信用，贏了錢，她會煮一鍋鮮魚湯給我吃。

出門打牌前，我媽還會插上香，拜拜桌上一尊阮弼真君。真君會保佑出海的船滿網，那是我媽從老家帶過來的。我媽說，賭桌圍著一群人，人人盯住那堆錢，活像漁網撒下去等著收網。媽喜歡講靈異的事，她告訴過我，老家有人供「狐仙」，在我孩子時的想像中，那是大尾巴的火紅狐狸。稀奇的事不只一樁，我媽、我、還有村子裡一位大嬸，坐在門前，每人伸出食指，輕輕碰觸往下扣住的小碟子，幾分鐘後，碟子開始飛快打圈圈。

蹭在我媽身邊，我往上看，整個天空一閃一閃，似乎也滿滿是字。小碟子會不會跳到天上打轉？媽離家後，我站在海邊，指著星空亂比畫，等待有字跳出來，指示我怎麼樣可以找到媽媽。

後來，我知道扶鸞就是這回事。鸞筆飛快在跳動，一堆問號找答案！像是半夜看星空，閉上眼睛再睜開，白虎？蒼龍？滿天的小光點就會連成動物圖像。那些年間我帶著天命，靈力正邁向高峰，我跟著「祂」，「祂」跟著我，那個「祂」熟知我，知道我來歷我身世，透視我內心，看見我多麼孤單，「祂」混入我每一寸肌膚，比我更了解我自己。

近幾年，靈力降到谷底。公園裡四顧無人，我會找塊平坦的草地，跪拜橫在夜空的大勺子。乞求七顆星隨便哪一顆，降下來幫我一把。

這幾個月，我的問題是耳朵裡的雜訊。摀住耳朵，聲音愈來愈響，愈來愈難忍受。

看清楚一個人的童年，其實已經原諒了他。

他手上有血，一堆人的血，他怎麼可能……被人原諒？

說的是誰？誰的童年？耳朵裡的聲音在指涉什麼？

跪拜沒有用，星君不曾下凡來。鬼打牆的是我，這幾年經常撞到邪靈。而祂愈來愈過分，跳到我身上就惡作劇。有一次，祂驟然出現，感覺是趴在我背上。脊柱發麻，我頭腦立即一陣空白。保險絲跳電？屋子裡一片漆黑，醒來時正在奇怪的地方。這是哪裡？努力地想，為什麼來到這裡？之前在做什麼？低下頭，細細尋找周邊的線索，菸蒂、水漬、細沙、碎石塊，腳底還踩著一片黏住的口香糖。抓交替嗎？我被抓到了？到底發生什麼？

我提醒自己，這類事可大可小，搞不好釀成公共危險！多年前，我還在師娘家就聽說，相關的災禍沒斷過。譬如一件火災消息，新聞繪聲繪影，發現了一具焦屍，不知道什麼情況下身陷火海。我後來會懷疑，但願不是，卻有極大的可能，來了一個淘氣的祂，突然撲到身上。

那一秒很關鍵，撲上來，被附身的人立即失去神智，如果剛好開著瓦斯爐，鐵定就忘記關火。

我自己有過體驗。上一回，驚醒的地方在床上，鼻端有焦味，爐子上是不是還燉煮一鍋湯？跳起來，快跑過去。好在搗亂的祂鬆開了手，及時放過我，沒有釀成大禍。

盼望的是原來那個「祂」回來陪伴我，當年，「祂」在我胳臂旁、在我枕頭邊，我對「祂」講些悄悄話，我們曾經多麼親近。然而近些年，情況大不同，降駕的經驗像劫持，像綁架，問題是我沒辦法證明，沒辦法清楚敘述，到底發生什麼。時間有個斷點，記憶在那一秒裂出縫隙，飛機遇到亂流，或者，駕駛艙發生激烈打鬥，劫機的人占上風，飛機朝大氣層栽下去。

栽下去？體內器官翻江倒海。這瞬間時針倒轉，跌向平行宇宙，我栽下去的地方是蟲洞還是黑洞？

幾次在解盤過程中，我四肢突然僵住。前一刻，顧客滿臉虔誠；後一刻，換上詫異的表情。「怎麼了？」不安地問。

「沒事。」我努力回神。

「剛剛講的，然後呢？」問事的人盯著我。

我很難解釋，信號中斷？電腦當機？駭客入侵？記憶叫不出來，我忘了前一刻說些什麼。

「我們，講到哪裡？」我努力掩飾。

「剛才，是講……」我支吾著，等對方補強。

「噢，你講到前世因果。」顧客有反應。

點點頭，我費勁地想，剛才，問題是什麼。

恍了神就快快補救，靠著經驗值，混一混我總可以過關。或許顧客只是需要傾訴，無解的問題繼續沒有解。畢竟，各人禍福各人擔，我又不是汙水處理站。

這一陣，問題更嚴重，滿腦子奇怪聲音。是誰？隨時在我耳朵裡悄悄說話……

安眠藥沒有用，連早上起床都是問題，還以為自己可以擔當重任，是幫父親挽回殘局的人？

三個夜晚難以入眠，別人看到這頹唐的樣子會怎麼想，值得交付國家嗎？耳朵裡細碎的語言，時而清楚時而模糊。睡醒時才記起，昨夜不太妙，是我急著把彥青推出門。

傍晚，彥青沒有出現。

「彥青」、「彥青」，在心裡連續唸這名字。我施展念力，像在鴿子腳上拴一條紅絲線。想像彥青從捷運站下車，一邊用尾指扯拉那條紅絲線。我繼續想像，想著彥青走過幾家潮店，穿出巷子，進來我工作室。

落雨了，再用念力為彥青送把傘，那是白娘子手上的桐油傘。當彥青是許仙，一把傘借而復返，我必須把他收回來。

心裡想著彥青，替客人治療時，我會下意識看一眼桌上為彥青準備的，據說是隕石，有療癒力，雖然摸著是塊普通的刮痧板。

記起來都是彥青的好處，他脾氣好，我就放心讓他等。遇到我顧客多，要卦要收驚，還有人躺在後面做穴位。彥青從來不著急。等我坐定喝口茶，聊幾句，才開始他的療程。

「有進步？」例行我會問。

「好多了。」他摸摸後頸，這麼回答是讓我安心。

有一次，治療結束，彥青翻著小几上一堆命書，請我順便排他的紫微。「考試你很會，政府找個工作，去上下班啦。」我隨口說。不必看命盤，就知道適合公務機構。

「不！不要。」彥青猛搖頭，表情決絕。「我爸，我家是軍公教。」彥青鐵青著一張臉。

另有一次，在我臥榻上躺平，彥青嘟嘟囔囔，說些小時候的事。我嗯嗯幾聲，沒有用心聽。我這人實際，等的是哪一天接收他的靈力，並不想牽連太多。避免去揭開彥青小時候的傷疤，也是擔心又來一個關不起來的收音機。這些年，聽多了顧客的九轉迴腸，老實說，我對「人」這個物種已經失去興趣。

念力不見效，彥青沒有露面，我在盤算最壞的狀況，彥青不回來了怎麼辦。還有一件事應該擔心，我惦記彥青的人身安全。回想彥青離開的那個夜晚，出門下樓梯，彥青身子有點不穩，誰知道躲藏在暗處裡的祂會開哪一種玩笑，彥青走出去，會不會被車撞到？

前一陣子，手指在彥青背脊上搓揉，震動突然來了，嘟嘟一下一下，像是放送古老的摩斯電碼。彥青苦著臉說：「那邊，針刺一樣，」指著脖子後面，「麻麻的，又好像在後腦。」我愈來愈有把握，無論彥青形容得多麼抽象，我都可以抓住痛點。

又一次，我手指搓揉彥青頸椎，第五節與第六節之間，有一處微微的突起。

彥青說：「這裡，就是這裡。」

「放鬆，只管鬆下來。」我柔聲安慰，手指在彥青背脊來來回回。

「這條筋嗎？痳得厲害？」根據彥青哎哎叫的輕重，我手指尖挪移，一時有些興奮，能不能掐住彥青身上這個祂。

末梢神經有感覺，我好奇祂到底躲在彥青哪裡。穴位中有個凹坑，蹲下，藏匿進去；或者沿脊柱滑行，遇到枝狀物就緊緊咬住；或者祂是糊里糊塗走入迷宮，脊柱側的凹槽，一個一個壺穴，進來卻找不到出路。

食指的指尖去觸摸，看祂是不是順著彥青的脊椎往上走。像挑一根刺，真想拿把小鑷夾，從隙縫中挑出來。

然後呢？我陰陰地想著，夾起來，放到自己身上！那麼，借力使力，以我原本的靈力基礎，立刻滿血回歸，說不定，我會清楚許多事。包括我一直在好奇，耳朵裡的聲音跟我有什麼關連。經過靈力加持，說不定意思就會變清晰，那一堆哀嘆、求饒、辯駁、自言自語的聲音。

站在神桌前，我想著，如果把祂放到我身上，自己的血肉當作腐植土，就當作抓隻蟲來飼。之前，聽圈內人講過，靈力要從谷底翻上來，方法之一是餵養一個靈。外界看「養小鬼」，以為是見不得人的手段。其實，那需要莫大的耐性。我在反省，自己缺少耐性，而我對待彥青，缺少的正是馴養工夫。如果彥青回頭，感性一些無妨，加一些甜味的餌，我需要耐下性子培養這份關係。

幾天後，我在彥青手機留話。聽著自己軟軟的聲音，像極了條通的媽媽桑，邀請熟客回籠。

當天傍晚，聽見熟悉的腳步聲，彥青正一步步上樓梯。

踏入房間，我瞥彥青一眼，笑著問：「變瘦了，沒事吧？」

彥青說前一陣患上重感冒。摸摸他的頭，還是熱脹。

彥青側臥枕頭上，掐準風池穴，我食指按下去。因為身上帶著病，彥青眼皮重重的，很快出現睡意。

幾分鐘後，彥青開始打鼾。鼾聲中彥青垂下手臂，我悄悄碰觸那隻手臂，難得地鬆軟。運氣來了，正是我時刻在等的機會。

想了想，這時候還是應該忍住。匆匆下樓到小店裡外賣，包起三樣熱炒，接著進便利商店，提籃裡多出一瓶「十八天」，順手拿一袋香辣雞胗算開胃菜。

跑一趟樓梯讓我渾身大汗。脫下溼透的衣衫，冷水淋浴，等我擺好碗筷，彥青還沒有醒過來。

彥青睜開眼，意外看到桌上有飯菜。

「那天，不知道怎麼回事。」我停了停，「我大概說了什麼，讓你不舒服，別在意。」

「哪有在意？」彥青搖著手否認。

氣氛很好，有些事應該慢慢來，我按捺自己的急性子。等著，等春蠶吐出絲，身軀變透亮，成為靈力的接駁通道。

因為酒意？彥青慢悠悠地說：「一件事，我想了很久。「我爸！」彥青繼續說：「你不知道我爸有多威，全校都怕，訓導主任欸，同學譏笑我、討厭我，我爸的緣故。」

倒沒料到彥青開口說這些，他又接下去：「我爸叫我『娘炮』、叫我『小雞歪』、有時叫我『肥豬肉』，同學面前也這樣叫。我是很可笑，運動會摔跤，害我們班沒有錦標。同學們怪我，接力賽把棒子掉地下……」

我默默夾菜添酒。彥青不停地動筷子，沒嚥完嘴巴裡的東西就繼續：「我們班好玩的事，從來沒機會參加，沒人找我。」「不是我，不是我去爸面前告的狀，不是！我是大家的笑柄沒錯，但不是抓耙子。」

聽彥青一直說，我好像看得到，當年那個笨手笨腳的胖孩子。他爸惹人憎厭，兒子變成同學的出氣筒，我在心裡嘆口氣。

「你們父子，從來卡卡的？」抬起頭，我接話，語氣顯得關切。只是語氣而已，怎麼長大的，不容易，我看多了，一堆又一堆狗屎，誰家沒有呢？我們村子每個孩子都有些事，不也都吞著眼淚長大了。

「有一次，我把我爸床底下幾本雜誌帶到學校，那是《花花公子》雜誌。為了讓同學們對我另眼相看。每次洩漏一個祕密，一個，一個我爸的祕密。」彥青說。

父親多好。

《花花公子》？算什麼事？我幾乎要打呵欠。

彥青說，他聽見同學的笑聲，同學還模仿他爸的口氣，背後叫他「肥豬肉」。

彥青滿臉憤憤的表情，嘆一口氣對我說，講台上訓話的主任，如果不是自己

「我有努力瘦！」彥青說。

「現在，真太瘦了。」我搖搖頭，順手夾了塊雞胗給他。

「我爸用皮帶抽我，不想……」彥青掩著臉，講不下去，手裡比著做出割腕動作。

心臟一陣狂跳，畫面在我眼前了。浴缸、剃刀，以及血，地板上一攤血，那少年說他不想活，他想要結束人生！

我望著彥青。他掩住面孔，靜靜抽搐肩膀。

我伸出手臂，正準備安慰彥青，這瞬間，耳朵裡的聲音變得清晰：「路頭路尾，田頭田尾，園頭園尾，厝前後壁，埕頭埕尾，廳頭廳尾，房前房後……」這

是靈力？在一瞬間接通我們兩人！我進入彥青的意識，一層一層潛入，眼前有許多畫面，牽連著我與彥青。

然後，畫面消失，聲音變得模糊。

半晌，我對彥青說：「看到一個男人，寒著臉對你下指令。」

彥青整張臉失去了血色，小聲說：「你看到我爸。」

「體罰？」我問。

彥青眉毛皺在一起，痛苦地說：「不是這樣，不只是這樣。」

這瞬間我瞥見，少年蹲在牆角，偷眼看，門口是壯碩的身影。身影開口撂狠話：「吃裡扒外，敢出賣你老子！」

這一刻，我摟著彥青肩膀，確切感覺到彥青，不，應該是彥青少年時，他在靜靜地抖索。

彥青走後，剩下半瓶酒倒給我自己。點起一根線香，我在浴缸放滿熱水。

泡進浴缸裡，旁邊花瓶發出濃香。那是剛才下樓去買熱炒，經過花店，順道帶回來的野薑花。

身子泡在熱水裡，臉上的淚痕很冰很涼。聽見了彥青委曲的嗓音，他說，不是這樣，不只是這樣；不只是彥青？分明是我自己！蒸氣迷濛的浴缸裡，我想起過去，屈辱的那些事，一幕幕重現在眼前。媽離家後，爸跳船不回來，從此變成孤兒。來到台北，被扭送進警察局，坐地下，一隻手銬在桌腳……

披著浴袍起來，角落一張躺椅，坐下。

束起溼漉漉的頭髮，我想到林夕的歌詞：「但凡未得到／但凡是過去」，求不得、求不得的苦，林夕說他所有寫的歌詞都在說這一件事。

求「祂」，那個「祂」不來，我爸我媽都不回來我身邊，人生有各種各樣……求不得的苦。醉得太厲害了嗎？毛巾包裹著頭髮，頸子感覺一股熱流，多希望有人這時候靠近我，願意偎在我肩頭。

「彥青？」我呼喚一聲。

在哪裡？岸邊？深淵底部？一攤血，由床單流到地下。是誰？誰的人生這麼悲慘？

恍惚中，嘴裡吐出些自己不懂的話。我扭開水龍頭，搭著浴缸，腳再踏進去熱水中。一隻手拿著酒杯，我喃喃唸「青龍白虎，朱雀玄武」，蒸騰的熱氣裡，我在幫誰收驚？替誰祭改？還是為誰超度？

躺在浴盆裡，耳朵裡的聲音似乎在自怨自艾：

「兒非好教之人」，總在認錯，應該向父親認錯！

最感痛苦的時刻，甚至想起生死一念。只能夠把所有的冤枉背起來，繼續地背下去。

*

不知道過了多久，睜開眼，床前站著彥青。

他說，抱我到床上，我喘氣，咳出嗆住的一口水。

彥青說，坐上車打我手機，關機。他愈想愈覺得不對勁。半路折返，按電鈴沒人接，撞門進來。在浴盆裡撈起赤裸的我。

「以為，你要結束什麼。」彥青說，仍是驚恐的眼神。

我解釋，只是喝多了，不知不覺閉上眼。

「水冷，你全身冰涼。差一點，再叫不醒。」彥青帶點結巴地說。

彥青遞過來一條大浴巾。我彎轉手臂，搓揉滴水的頭髮。

「算命師算不到本身的命。」找句話，我自己下台階。

「你啊，要愛護自己。」彥青憐惜地望著我。

「這類垃圾話，我對顧客說的。輪到你講？」笑笑低下頭，看見自己的狼狽模樣，很自然地，我的頭靠向彥青。弟弟？小我一輪？超過一輪。我們之間沒什麼，不可能有什麼。我只是喜歡他貼心，像個小弟弟，或者，有機會長大的毛弟就這樣。

扶我在床邊穩穩坐好，幫我擦乾髮尾。我閉上眼睛又睜開，彥青一直在旁邊。我每個動作彥青都緊緊盯住，怕我想不開、怕我消失不見。對於我，這感覺確實新鮮，之前有人需要我，因為我是算命師，為人指點迷津，卻從來沒有人好好看我一眼，或者問我一句，可有過不去的時刻？

躺在床上，我像一隻受傷的小獸。這一刻，似乎很甘願接受憐惜，面對彥青，我甘願翻出肚皮來示弱，而虛弱的時刻，卻意外地產生了共感吧，分不出枕頭上是他的還是我的眼淚。扳開彥青緊握的拳頭，輕拍他抽泣的肩膀，好像撫平一件皺褶的衣服。

手搭在彥青臂上，腳勾著腳，如同咬住彼此尾巴的兩條蛇。我們是噬身蛇還是銜尾蛇？

＊

接下去，彥青頻繁過來我這裡。

每次見面，教他一些事，之前不會告訴他的事。偶爾，彥青可以意識到他自己的感應體質。

彥青趴在床上，眼看他嘴唇一陣顫動，彥青抓緊我的手。「剛才，剛才！」瞪大眼睛，彥青顯得慌張。

「剛才，」我點頭，「幾秒間，跟你在同步，我腦袋也一片空白。」

「空白，是去了哪裡？」彥青問

按壓著自己的太陽穴，我細聲解釋，我們這類人常在兩個空間中擺盪。

「這類人？」彥青仍然困惑。

「帶天命的咖。」我說。

望著遠方，我繼續說：「從小是古怪小孩。」

彥青點點頭說：「上次你講，家人都不在了。」

講過嗎？破碎的家，那是沒法平復的傷口。撫摸彥青削瘦的側臉，我傷感地說：「媽媽離開後，沒人管，眼淚吞下去，什麼委屈都要吞下去。」

碰到的也是彥青的傷心事？他眼眶紅了。

我啞著嗓子對彥青說：「帶天命的，都是夭壽弄錯的咖。」

「神明在身上，是補償？」彥青問。

「傻孩子，」我捏捏彥青面頰，「回不來的童年，哪能夠補償？」

這分秒，彥青有些異狀。我自己喉嚨一緊。電光石火，祂來了？難道又一次，祂在我與彥青身上串流？

攬著彥青簌簌抖索的肩膀，我速速唸：「心肝定，定心肝，三魂七魄收返來。」

躺在我臂膀裡，彥青渾身癱軟，輕聲說：「奇怪，奇怪的感覺，我身上。」

跟著彥青的視角，我抬起頭。一朵蓮花開開闔闔，是「祂」？「祂」在雲端幻化。

第二書　幻化

風無驚　雨無驚
魂無驚　魄無驚
魂魄入心肝

像「分香」，彥青的靈力分享到我身上。

那一日之後，同樣論命，比起之前欲言又止，今時靈感泉湧而來。對著問事的客人，有或者沒有，我經常一語中的。如同摩西分紅海，通靈人才明白其間巨大的差異。

一位接一位，五分鐘連續給出幾個答案。不只偵測心境，嶄新的能量讓我透析人體。由臟器表面開始，凹凸、膿芽、皺褶，「不舒服，拖了多久？」手指隔空觸診，瞬間說出其中病理。對著問事的客人，我可以見到父精母血，一粒小蝌蚪游來游去，那是成孕時這人的胚胎，所謂「胎元」帶來的影響。命數的其他因素也都在我眼前，甚至可以計算「祖蔭」：時光走廊懸掛一幅幅全家福，意味著先輩積累到這人身上的福澤。

然而，仍有斷電的時刻。進來又出去，祂行蹤飄忽。小得像蚊蠓？輕得像微塵？我對祂的樣子一無所知，也無從確定靈力是不是持續停在我身上。多麼想與祂簽下「常駐」契約，想得我心都痛了。

這一天，是祂驟然離開？層層疊疊的雜音回返來，耳朵裡一堆亂訊。

抱著腦袋，剩下最卑微的心願，怎麼讓聲音止住，關上調不準頻道的收音機。

突然間，聽清楚了，清楚的是這兩句：

他始終是得不到父親讚許的孩子。

大人辜負了孩子，那是難以平復的創痛。

雜訊時有時無，持續困擾著我；另一方面，我又亟於想弄明白，這些字眼到底什麼意思。即使在靈力充足的時刻，我也會患得患失，隨時想，祂不知躲在哪裡，心尖還是腦膜？電波強一點好不好？停駐久一點好不好？專注地想祂，像是一種相思，被祂眷顧，受祂恩寵，如同我小時候，走進去那間廟，心心相印就是那個「祂」。

*

傍晚，預約簿上一個眼熟的名字，曾經是娛樂版上的人物。

客人坐下來，分秒不差，我腦海中浮現出關於她的片段。海邊擺姿勢，比基尼泳衣露出深陷的乳溝，身上是防曬乳的蜜桃香味。心裡有個負心傢伙，分手沒有用，仍然痴痴戀著。

我替她嘆口氣，年紀不小，卻還存了少女心。她腦袋正轉著一個念頭，看我是不是預知有什麼好事，男人後悔了，很快會回來找她。

我偷眼看手錶，只想速戰速決，「男人就是一根屌。」我加上，「下次帶件東西來，最好是這男人的貼身用品，我幫你『打小人』。」

怨氣有出路，以為她會滿意。

「用什麼『打』？」她問。

我指指自己鞋底。

「不會太疼吧，打輕一點。」

我心裡想，真叫痴情沒藥醫。

她再問：「可以期待？相處變得不一樣？」

「現在啊，只管你自己，好好生活。」找句穩準的話送給她，各種狀況都適用。

她點頭說：「我會學著過生活。」

紅包放進抽屜。這一瞬，我眉間的脈輪打開，眼前是她家廚房。櫥櫃滿是油垢，地下爬著蟑螂。我記起她開過烹飪節目，帶貨的那種，販售義大利品牌鍋子。

離開前，她充滿希望地看著我說：「改天來我家，做飯給你吃。」

夜晚，跟彥青坐進居酒屋。我說，今天的客人多年前走紅過，身材曾經很火辣，後來在電視節目裡繫上圍裙，跟著名廚學做菜。

「她問什麼？」彥青問。

放下串燒的竹籤，我把一塊青椒塞進口裡說：「就是『愛丟卡慘死』，碰到渣男，被騙錢。放不下，還巴望人家回頭。」

「不能夠點醒她？」彥青問。

「多說，會折損福壽。」喝一口彥青倒給我的冰啤酒，我說：「嗨，放輕鬆，算命仙不是真神仙。」挪動一下板凳，我繼續說：「少說幾句是保護自己。預言沒成真，回返來砸你招牌。」

聊別人的事，也是找機會逗彥青笑一笑。

我唸「打小人」口訣給他聽，唏哩呼嚕一路往下唸，唸到「打你小人腸，打到你放屁特別響」、「打你小人肚，打到你一世都不舉」，彥青總算笑出聲。

我舉起杯子，擺出對飲的樣子說：「影劇圈八卦多，浮浮沉沉藝界人生，我第一手聽的都是內幕。」

「明星，常來找你算命？」彥青好奇。

「演藝圈離不開我們這種。算一次不夠，每隔一陣子又回來。」笑著，我對彥青說：「檯面上的人，總有不確定的時候。就算梁朝偉，也曾去看過『白龍王』。」

我又說：「幾年前紀念一位大歌星的演唱會，取名『浮想聯翩』。名聲寫在水上，人氣是浮動的狀態。」

彥青聽得一頭霧水。

喝口酒，我耐下性子講仔細：「演藝圈往上爬，爬到頂，只有針尖大小一塊地方，站上來就不想下去。」

我想著來找我看命的那些人，長紅，怎麼一路長紅？不罷休地問，怎樣還能夠再有機會？上去過峰頂的人都想再次攀頂，減肥、重訓、鍛鍊腹肌，等著有一天重回高點。

我說，彥青你想想，準備一場演唱會，大明星吊上鋼絲，忍住怕、忍住苦，手掌練到生繭，渾身都是傷疤。還記得小美人魚的童話？為了上岸，褪下魚尾巴，長出兩隻走路的腳。新長出來的腳板很稚嫩，踏在地上，如同踩在刀尖上。每走一步，血水汩汩冒出來。

我搖搖頭說，最難忍受的是寂寞，而站在峰頂，就要耐得住比別人更深的寂寞。我又說，記得那次，娛樂圈的一位大姐頭找我問命，聊開來，她神祕兮兮地說：「你猜，小哥的夜是怎麼過的？」

「『小哥』，你知道是誰？」對著彥青，許多名人的事都需要解說。

我接著說：「一個人，心不煩、意不亂，站在東區高樓陽台上俯視凡間，據說，這是『小哥』過日子的方式。」

我輕哼：「舞台上／燦爛笑容／舞台後／寂寞心情……」唱紅這首的是「二姐」，我又說，「二姐」是另一型藝界人生，下決心退隱，就毅然遠離舞台。彥青沒有反應，我愈說愈多。畢竟演藝圈，屬於我最了解的一群人，我接著講起已不在世上的「梅姐」，「風光到頂，還是寂寞，最後在舞台上穿一件婚紗。」我結論。

「同是過路／同造個夢／本應是一對」，我在嘴裡哼，哼到一個段落，拍拍彥青手臂，我說：「聽明白了嗎？為別人排解寂寞的舞台咖，通常最寂寞。」確定彥青聽不懂，我再加一句：「就好像論命的人，困難的恰是看清自己的命。」

付過酒錢，彥青適時撐起傘。我悄悄想，這把送給許仙的傘，轉了一圈，果然回到我身邊。

被彥青扶著，身子傾斜，我的高跟鞋輕輕點地，小心偏過水窪。四周是大樓，水光裡閃爍著霓虹燈。記得小時候，那片沙洲上沒有路燈，灰暗、荒涼，暴雨就淹水。當年坐在沙丘上，隔著海，燈光在遙遠的對岸……

雨落在傘上，像敲打鍵盤。手搭在彥青肩頭，穿過那片小公園。我搖搖晃晃，緊倚著彥青。

一腳高一腳低，彥青扶我上樓梯。彥青幫我提著溼透的高跟鞋，我從皮包掏出公寓鑰匙。

進門，沒有打開燈。對著幽黯的牆壁，我心頭迴繞著歌聲。這一句是王菲：「不要／不要／不要騾來騾去」，在心底某個角落，我是？難道我還是？容易受傷的女人。

兩個枕頭平擺著，盯住躺在旁邊哼歌的我，彥青眼裡有柔情。

我順勢摟住彥青脖子，臂膀壓下他。對著他的臉我輕輕唸，不要你騾來騾去。手臂橫壓著彥青前胸，太瘦了，一根根肋排簡直扎手。嗅到彥青襯衫上的洗衣粉，我想，少個運轉環節，家電設定錯誤，粉末黏在布料上沒有洗乾淨。腦袋穿梭著這些不相干的事，我努力保持清醒，想要提醒自己，跟彥青只是借個電，好像搭上纜線啟動車子，jump start？上次，望著一輛拋錨車，彥青教過我這英文詞彙。

jump start？一紅一黑兩條纜線，碰上就來電，為的是串流的分秒，靈力跳接到我身上。不該動情、沒有前戲，我大口喘氣，扶著彥青肩膀，跪坐在彥青身上。突然間，前所未有的感覺，衝刺的是我自己！昆達里尼？我拙火被喚醒，一路向上移動。昆達里尼！這是奇妙的感應。手印加上體位，我在經歷能量由海底輪升高，一層一層往上拓展。

眼尾有星光，星光斷續，先是連成一線，接著碎裂四散。靠近那處爆發點？星光變得白熱刺眼，像是火山口噴出岩漿。指尖伸向彥青，按住他額頭，另一隻手按住自己額頭，我在引領彥青，幫彥青進入狀況。對我是新奇的體驗，聽說這叫作「雙修」，兩個人彼此加持。潛在的靈力互相激發，雙雙跳到至高的境界。

彥青身體偎近我，斷斷續續唸著：「光，有光！有亮光！」

「是『祂』。『祂』來了。」深怕驚動了什麼，我悄聲回答。

抖顫動作慢下來，高潮已經過去。

坐起來，推開我身上的彥青，試探地問：「看得到？」

彥青點點頭。

我好奇，立即想知道，彥青從亮光中看到什麼。趕緊再問：「剛才，你眼前有人？」

彥青皺眉思索。

彥青臉上有一種純真，他的世界並不複雜。我記起師娘給過我一本講義，其中寫到「專氣而致柔」。說不定，彥青內在的潛能若被啟動，瞬間激發出的靈力不可限量。

我不放鬆地問：「說說看。」

彥青說，見到一個孩子。

「多說點。」我催促彥青。

停了幾秒，彥青說：「厲害的，腳下踏飛輪，會轉動。」

一邊說，彥青手臂擺動，看起來很可笑，彥青形容的不像古老兵器，倒像踩在健身房器材上。「飛輪」？彥青說的是有氧運動？我最近看他缺乏肌力，催促他去健身房，他說曾去上過一次團課。

另有一次，我教過彥青怎麼在手機下載遊戲程式，又向他形容如果在密閉空間，有聲光效應，座椅九十度旋轉，我講給彥青聽：「好玩啊，你去想像，一處平行宇宙。」我語氣充滿嚮往，地下室遊戲空間，曾是我夜色裡的隱密去處。那些年，狹窄的樓梯走下去，每台螢幕都飛射出奇幻的光影。

這一瞬，彥青眼睛直勾勾地，身體晃向左又晃向右。「飛輪」還是「風火輪」？彥青描述的，竟然極為接近我心裡的形影。

我想著，無意中是不是暗示過什麼。記得一回，彥青俯臥在臥榻上，我對他解釋這一行的眉角。當時才開始解釋，彥青就岔題，問我：「可以選嗎？你說『上身』，可以指定哪一位神明？」

「以為電視節目在選秀？」我笑著回。

「神明有哪些？」彥青沒有什麼概念。

「我知道的眾神明，第一威嚴是關聖帝君，」頓了頓，我接著說，「還有瑤池金母，老太太的慈祥樣貌，有人叫『母娘』，就是『王母娘娘』。」當時，一邊按壓彥青的肩頸，我一邊粗略介紹。

「瑤池金母有人緣，身旁站著不少侍從。」我補一句。

「容易辨識的是濟公，手裡拿酒器，步子不穩，帶幾分瘋顛。」我再補一句。

我對彥青說：「最可愛，是三太子。」當時我順口說，囡仔要囡仔神來陪，小時候，三太子曾是陪伴我的朋友。

我又說：「這事可說不準，求不得啊，每個人都乞求，上刀山下油鍋都寧願，鑽火圈也忍住，來的如果是三太子。」一面跟彥青解釋，我一面想著，自己當年第一次是怎樣聽見「三太子」。

「跟三太子走，去做小飛俠。」媽小聲說。那年我才四、五歲，媽背起毛弟往村外方向走，幾天後媽回來，沒了毛弟。

究竟發生什麼事？先是爸大發脾氣，問著到底是誰的種，又對哭啼的毛弟猛踢一腳。日後想起來，媽總幫爸的脾氣找理由，媽說不怪爸，想回老家的緣故，在外面日子過不好，碰到什麼都破罐破摔。

當年，我一點聽不懂，「過不好」？「破罐破摔」？媽媽的話什麼意思。我只知道家裡從此沒了毛弟，媽變得不愛出門，經常一個人怔怔掉眼淚。毛弟小我三歲，掛兩筒鼻涕，剛學講話，走到哪裡都「姊」、「姊」地叫。

毛弟不見了，後來媽媽也失蹤。房間黑黑的沒人影，到黃昏我常溜出村子。

聽見一陣鑼鼓就跑去看戲，著迷的是《薛丁山與樊梨花》。站在戲台底下，我出神地看著哪吒兄弟耍兵器，三人輪流翻筋斗，他們在幫助大唐王師蕩寇。大太子金吒，騎雪山獅子，法寶是「遁龍樁」，三四寸的木棍帶三個鐵環，迎風就長到三丈多。木吒手持金剛槌，厲害的武器叫作「雌雄雙劍」。一出場掌聲最多的是三太子，火尖槍舞一舞，三昧真火跟著，戲台上噴出一陣陣乾冰煙霧。

下一瞬，時空變換，我離開旗津的村子，上台北找頭路。有一段時間，口袋裝著扒來的錢，我在遊戲場裡混。選的是逃離天界的路西法？黑帝斯與父親在生死搏鬥？打電動有各種人，有人從《瑪利歐》玩到《超級瑪利歐》，也有人日夜對著一檯機，度過迷茫的青春期。當年我曾經緊握搖桿，一瞬間上天又遁地。只是獲取寶物需要代幣，怎麼樣完成交易？怎麼樣加值又進階？

雷射光噴射，投幣機嘩嘩響。機器卡住，猛踢幾下，飛快排除了障礙。我手腳俐落，抓一把滾出來的代幣放口袋。

想著從前，「真的碰到過。」我跟彥青繼續講小時候故事，形容自己的好運氣。「我，就是我，碰到過。」在最失志的時候，囡仔神走下來，小手掌拍拍我，對我說：「不要哭，我的兵器借你玩。」

「那是第一次，」我加重語氣，「跟著三太子，經驗到怎麼穿越時空。」挽著波浪狀的混天綾，彥青見到的真是「祂」？彥青竟然有福氣遇見我心心念念的那個「祂」？

宮廟裡常聽人誇口：「不是濟公、不是呂洞賓，中壇元帥太子爺欽。」誰不夢想三太子？每個帶天命的人都有這樣的奢望。

正想著彥青驡人有驡福，難說有沒有機會，碰上三太子真身。突然耳朵裡出現聲音，唸白加上背景音樂，恍如《星際大戰》的史詩開場：

父親怕被兒子取代，被父親活活吞進肚子，曾是冥王黑帝斯的幽暗身世。

以兒子獻祭，亞伯拉罕是證明本身虔誠？不，證明兒子屬於父親，不配享有獨立生命。

耳朵裡是交響樂，聽到的那些名字不屬於這個時空。我開始擔心，彥青接上的究竟是三太子本尊？還是來亂的邪靈？手上撣著彥青一件襯衫。下一步，我在彥青額頭輕點符水，抹上硃砂，這是收驚的預備動作。

襯衫抖動，混天綾在手裡旋轉。拿起桌上那把桃木劍，刷刷兩聲。「左手放魂歸，右手放魄回。三魂七魄歸乩身。」這瞬間由幻入真，我在走七星罡步。

咒語有速效，能量在我身上串流。祂進入我？我進入祂？我感知到祂降駕過的乩身，以及乩身進入的每一處心念。我在目睹、在參與、在經歷，我瞬時成為祂串起的每一位乩身。

這一刻，彥青閉著眼，悶聲說：「身影擋住燭光，燭影中有人身上是明朝冠帶。盔甲亮晃晃，山文甲鎖子甲，國姓爺的軍帳！」聽得不很明白，沒頭沒尾一些話。

「胸膛窄，肌肉不夠硬實。套上父親戰陣穿的南蠻胴甲，護胸太寬大，撐不起來。」彥青在旁觀？竟是冷眼在看的語氣。

彥青繼續：「父親強大！整個海域是他帝國。」「戰陣沒有用，水淹鹿耳門，沒有用……」「換上鉚接鐵甲，身子輕，幾十斤的甲冑是負擔。比不上，不能跟父親比較。器度差遠了，規模也差遠了，承天府是小朝廷。」彥青進入了囈語狀態，一遍一遍說：「跟船過來，捧著神座過來。招降不成，害父親在北京被斬首。錯了，錯了……」

我記起來，聽過「跟船過來，捧著祖宗牌位過來」這一句。同樣口氣？差不多的語詞？之前，彥青對我提起他跟軍隊撤退過來的奶奶。每天早晨第一件事，棉被捲起來，準備背在身上，以為今天就是反攻的日子。

彥青跟我講他奶奶生前，每一天都做好準備，隨時背起棉被，跟著國軍回老家。

這剎那，彥青喊出一聲：「三十九歲，薨！」

彥青聲音變得渾厚，像命運的結語。是誰？誰在宣讀上天的敕令？

下一個剎那，彥青已經回神。

「你身上，是誰？嘆氣的，又是誰？」我急著問。

「那，那是……是三太子眷顧的人！」慘白一張臉，彥青怯怯回答。

就在這一刻，一陣強風帶著我騰空飄搖，眼看自己雙腳離地，耳朵裡的聲音變得清楚：

沒有穿越這回事，祂一直在那裡。

祂降生了許多次，降生在每一個父子出現問題的家庭中。

風停了，我落地時景象很詭異。窗簾緊閉的臥室裡，一位老人躺在床上。老人抬起眼，眼窩一堆皺褶，像塌陷的沙丘。

「太子！」老人聽見聲音，他用眼睛找，哪裡有悄悄的說話聲。老人在做夢嗎？夢裡是不是回到當年，這是父親的隨扈在耳語？人們在背後都叫他「太子」。「離太子遠一點。」從他年輕就聽到這類耳語，總有人悄聲說，說這位太子心機難測，太子臉上有說不出的陰鬱。

下個瞬間，老人努力想讓自己坐起來。空蕩蕩的房間裡，靠牆立著點滴架，床邊擺一輛輪椅。

這老人輪廓好認。童年記憶裡，我爸瞪著牆上的相片會掉淚，「你看，太子站得那麼近！」我爸講到這位「太子」，好像提的是家裡親戚。

相片上，這位「太子」咧開嘴笑著，與村民合影，其中一個黝黑的少年是我爸。「那一天，太子來我們大陳島視察。一堆人圍上去，太子心情很好。」爸告訴我。

相片裝了框，雨水從屋頂漏下，木框有幾道清楚的水痕。

第三書　水痕

「太子爺，你顯顯靈！」

抱住相片，喚一聲「太子爺！」，眼眶裡都是淚水。

接下去那段時間，上天有旨、眾神共助，我眼見許多畫面、聽到許多字句，隨時像在沙盤上轉動腕肘，鸞筆飛快挪移，一串串意念如泉水湧出，我進入的常是這個年邁心靈。蒼老的嗓音愈來愈清晰，老人不停在呵責自己，下了很大決心，把整罐安眠藥沖入馬桶，卻又在抽屜裡翻找出另一罐。他決意不碰，但依賴得太深，一顆又一顆，究竟要吞多少顆才能夠睡得著？

「勿忝其所生」，那是他丈量自己的一句話。他總在懷疑自己是不是值得，配不配做父親的兒子？這個兒子是否值得父親多看一眼？

「勿忝其所生」，沉重的一句話，影響老人一生。

手握鸞筆，虛空中筆走龍蛇，指向老人心裡的荒寒。三太子？玄天上帝？五府千歲？或者我媽拜的阮弼真君？我拋下鸞筆卻益發恍惚，到底是哪一位過路神明牽線？為什麼，帶我進入這位被稱作「太子」的老人？

望著老人火雞脖子一樣的贅肉，下意識地，我伸手，摸向自己脖子。最近是怎麼樣的連動關係？老人的沮喪心情，難道也讓我毫無理由地陷入低潮？

雨水打在窗玻璃上，老人半閉的眼睛裡，寓所旁邊的人工湖變得渺遠，像是浩瀚的湖面。這一瞬，雨絲在老人四周飄動，眼皮底下產生錯覺，一層層松針鋪排著，浮現出離他父親老家不遠的百丈潭。小時候，父親帶他去遊歷過，父親遙指著背景的雪竇山，告訴他奉化附近的地形。父親帶兵，常年在遠方，他珍藏心裡這罕有的記憶。

水珠從窗櫺掛下來，這處寓所依山傍河，父親替他選的風水寶地。後面是圓山，前面瀕近基隆河，據說藏有龍脈，一條龍千里結穴，人工湖正是「龍穴」所在。一剎間，我發覺自己雙腳騰空，時間折疊起來，讓我在其中飛快穿梭。彷彿回翻一頁歷史，我望向相鄰的神社舊址，頓時明白此地發生的許多事。畫面中，我看到迤邐的隊伍，主祀的神尊是北白川宮能久。鎮座祭那天，座上有能久親王的遺孀富子妃，總督兒玉源太郎伴在富子妃旁邊。天邊閃著鎮座祭的煙花，廣場陸續出現相撲、擊劍、射弓、藝妓手舞及騎兵武技等節目。

鳥居、石燈籠都歷歷在目。一晃眼，已經到一九四四，十月天空一片火光，神社改神宮的遷座祭之前，一架飛機搖搖擺擺撞向神社！

時間再往回推，細碎的摩擦聲，那是鵝毛筆在羊皮紙上沙沙作響。四百年前，西班牙人沿那條河，趁黑夜摸入沼澤之地。在水邊，看到天上掛著橘紅的血月亮，羊皮紙記下「在暗夜得到不可思議的啟示」，神諭？凶兆？外人不應該深入的惡地？前一天，西班牙人為此行的發現而歡呼，如同哥倫布一行人航至巴哈馬群島，以為到達印度，他們不知道這片台北湖中隆起之地，千年萬年就有人漁獵，一代代尪豎在此跟祖靈對話。

晃蕩一圈，我穿牆而入，又回到老人病榻旁。

臥室在樓上，外面就是側門。車道經過人工湖，一路爬坡直通二樓。黑頭車停在側門口，躺著可以直接搬上車，這是為老人病況做的改建。老人努力張望，眼光穿過側門，他望向湖面。隔著落地玻璃，眼前是瀰漫的霧氣，而他殘存的記憶，正在霧氣中消散。老人嘆口氣，其實，他一直都清楚，做的是虛功，一切將成為幻影；沒有任何留戀，只有一件事讓他掛懷，父債子還，父親欠下的，償還了多少？

霧氣繼續湧過來，帶著漫漶的水光。飄浮在這間寓所裡，我眼中盡是慘淡的光景。臥室內空氣冰涼，寒意滲骨，屋裡缺少暖爐，缺少電熱器，極度儉省的習慣？還是沒有人體貼他？沒有人替他考慮，山邊溼冷，虛弱的身體難以抵擋蝕骨寒氣。這些年來，接近他病篤時日，隨扈仍維持著準時下班的習慣。沒有人多看他一眼，沒有人提出任何意見，沒有人甘冒風險，跟老人四目相對。

身邊的人懼怕他，從他年輕起，沒人敢糊弄他，別人那點心思騙不過他。問題是他由不得自己，大陸潰敗是慘痛教訓，退到島上之後，他提防接近的人，習慣是處處布下耳目，耳目身邊又有耳目。此時他四肢難以動彈，頭腦卻依然清晰，他記起輿情匯報的消息。上個月？或者更早以前？早在前一年？市井中已經出現各種謠言，有人說他瞎了；有人說他祕密動過截肢的手術；有人說他早就是一個植物人。謠言惑亂人心，必須全面防堵。近些時日，從七海寓所到總統府，一隊墨色玻璃的黑頭車準時出發，駛過十字路口燈號立即變綠，他的車隊繼續規律的行程。

自從接下父親的攤子，許多事他都配合演出，現在輪到這件事。空車在中山北路來來回回，這把戲他父親玩過，人民需要恆定感，他盡力配合。好在把戲玩不了太長時間，他的戲份快結束了。身上每處臟器都出現問題。彷彿在決堤，沙漏倒轉，每粒沙都宿命地向下滑落。

叫作地心引力，是不是？

「空車！是空車。」老人在夢囈，夢裡彷彿看見，人們打破車窗，正在譏笑這隊幽靈似的黑頭車。我細看，老人鼻孔冒出一股細細的血水，他舔了舔嘴唇，鼻血沿著嘴角往下流淌。或者老人預見到自己的終局，血水將由臟器噴湧出來，嘴巴、眼眶、面頰上到處是血。四肢浸在血光中，好像泡在溫暖的洋流裡。床單染了鮮血，顏色如旭日升起。

這一秒，我感官跟著出現反應，鼻子嗅到血腥的氣息，舌頭也舔到鹹澀的滋味。耳朵裡迴繞著聲音：「背信！」「獨裁者！」「殺人魔！」屬於老人長年的夢魘，他手上有血！他父親手上有血！老人嘆口氣，記起那一樁樁沒有偵破的血案……

結手印，作法，我趕緊唸「吾奉太上老君敕，神兵火急如律令」的咒語，沒有用，老人心念在渙散，而那是個泥塘，我不由自主，竟然跟著老人陷進去，一窪窪爛泥，憑自己力氣拔不出腳。

甩甩頭，誰推了我一把？睜開眼睛，定一下神，我努力從老人過往的思緒裡出來。

面前是彥青，彥青在對我低聲說話。

望著彥青關心的眼神，想開口，我腦袋卻一片空白。現在是傍晚？巷子裡路燈已經大亮，那麼，我是被鎖進去了？經過多久時間？還好有彥青，他是現實與我之間穩定的連繫。

近些日子，感覺非常奇特，我常在兩個極端之間擺盪。一方面，靈力重返高點，可以隨處馳騁，在高處俯瞰人間，般若波羅蜜多，開啟的是無遠弗屆的視野，難以形容那靈力帶來的頂峰經驗，瞬時經驗許多事，如同插了一雙翅膀穿梭於多重宇宙！另一方面，冰火二重天，每次馳騁都直接跌下谷底，我沒辦法離開同樣的軌跡。被鎖進去，如同掉入迴路，那是攪不清的渾水，一個又一個蒸騰冒泡的漩渦，一團又一團人力難解的糾結。關係著我身世的哀傷？關係著黯黑的內心世界？好像踩在流沙中，暗潮在腳底打轉，我無法擺脫往下拖拉的作用力。

「你臉好蒼白，怎麼回事？」彥青一面說，在我身上披一件外套。

從椅子上坐直，我應一聲：「下課早，今天教得怎麼樣？」

對我這一陣的奇怪舉止，彥青必然悄悄在留意。還沒找到機會跟彥青解釋，我走神，只因為被那位老人絆住。恰似氣象中心的詞彙「近似滯留」，我人在這裡，一部分身心還滯留在老人病榻旁。

一面想，我一面暗自驚心，不妙，愈陷愈深，陷進去的是老人的腦髓，嫩豆腐一般的軟組織彎曲如河，周圍滿布鈣化圓點，旁邊還有樹枝狀的殘骸，像是白化現象的一叢叢珊瑚。

歸因我身上的「業」嗎？似乎別無選擇，過去的沒有真正過去。耳朵裡聽見蒼老的聲音，嘀嘀咕咕一堆問題，莫非是老人在自問自答？

生下來就錯了，世界弄錯了哪一片？

思考問題缺乏條理，感覺到一無是處，到晚上，更是意志的角力。我是誰？我到底是誰？為什麼不能夠做我自己？為什麼終日覺得抑鬱？

第四書　抑鬱

這一天，最後一位顧客離開後，彥青推開屋門。

望一眼那張推拿用的臥榻，彥青神經質地皺皺眉頭。彥青嘴裡不說，對我這職業多少有意見。偶爾他來得早，見到屋裡坐著人，跟我打個招呼，就推門出去。

「剛才顧客多。」我跟彥青解釋，忙到沒空清理房間。

幫我推香爐復位，「今天，兩位數？」彥青小心地問。他愈來愈在行，看一眼爐子裡剩下的香腳，就估出剛才有幾位顧客。

「有機會幫助人，多幫幫。」我含糊回答。最近靈力大爆發，顧客進來，不必點香，已經猜到要問什麼；手勁也特別到位，推拿有奇效，每隻指頭都會發功。

彥青問一句：「手疼不疼？」

我沒搭腔，感覺彥青心裡有話。

彥青想了想，扶正鼻梁上的眼鏡，說：「這工作不輕鬆，推拿用力氣，還要開口，回答疑難問題。」

我拍拍彥青臉頰，「欸，說吧，你吞吞吐吐，倒是要問什麼？」

我又說：「看你，還不是一樣不輕鬆，教個課，脖子緊成這樣。」騰出另一隻手，我按摩他肩胛。

手裡加些勁道，我在分筋錯骨，揑到的該是肩頸痠痛處。彥青抖抖肩膀，撥開我的手，靠過來說：「你上次講，在宮廟住過。」

彥青坐直身子，握住我的手，似乎很想聽故事，問：「是帶衰運，不能養在家裡？」

彥青盯著我眼睛，預期我會掉淚吧，遞過來一盒面紙。

彥青追問下去：「你說，小時候有那個『陰陽眼』。」

「生下來帶天命，天生古怪小孩。」我低下頭，取出幾張面紙，這時適合輕輕啜泣。

因為命硬？因為父母要還願？或者跟某位神明特別有緣分？我在猜彥青心裡我的人設是怎樣，他想聽哪一類故事。

望著彥青熱切的臉，我嘆口氣說：「不是你想的那樣。「聽好，我是自願的。」「現在回看，我走進去一間廟，那是『業緣牽引』。」

「業緣牽引」四個字，我加重語氣。

我跟彥青說：「當時，就怕廟裡不肯收留。」我簡單敘述，師父看我不順眼，要趕我走，倒是師娘主張人可以留下。師娘勸師父：「善門大開，不能見死不救。」我說自己命不該絕，才會碰見師娘。

我告訴彥青當年跟師父犯沖，看到我，師父好端端地會生氣。經過我身旁，師父彈一下我臉頰，不屑地說：「逼哀啊！」師父指指我面容，「這款長相。」師父叫我「外省查某」，在師父眼裡，跟其他師兄師姐不同，我是一隻染白羽毛的烏鴉，混在鴿子群中。

我說，師娘卻是善心人，要不是師娘，我在宮廟活不下來。「吃飯本領，都是師娘教的。」師娘授完課，一疊講義塞給我，悄悄為我打氣：「等你哪天發了運，天生富貴逼死人。」

做久這個行業，我習慣編故事，隨口胡謅講不停。我說自己命硬，命冊的「六親無緣」、「刑親剋友」，到任何地方，跟誰在一起，不可能產生歸屬感。身宮命宮碰上了「孤辰」「寡宿」，這部分倒是真確。

我告訴彥青，靈媒體質沒有用，在宮廟照樣被排擠。當年，師父從不正眼看我。「狗去豬來」，這是師父放在嘴邊的話。第一眼師父就講明白，拒絕跟我有師徒名分，不准我出去打他招牌。

師父前挨罵，師娘會過來講好話：「莫起歹面，查某囡仔面皮薄。」跟彥青說到師娘，語氣自動變柔和。一面回憶，我故作輕鬆地說，在宮廟做童工不錯啊，現在流行的話叫「以工換宿」。師娘好心，讓我繼續上學，放學後幫忙宮廟做雜役。

「沒人管也好，很快就自立門戶，雜七雜八的方法放一起，反而變成特色。」我抬起眉毛說。

我又說，師父不認我是徒弟，不准我學宮廟各種規矩。「『外省豬』，袂當！」

當年，師父最常說的話。

「『外省豬』？」彥青唔一聲。

「還好啦，很小就知道，反過來也一樣。小時候，村裡小孩跟村外小孩幹架，我們一堆孩子攔在路上，大聲說這是『蔣總統的地』，不給你過。」

「『蔣總統的地』？」彥青不懂。

我說，村子的地是蔣總統批給我們「義胞」的。

擔心彥青誤會，我又解釋，「蔣總統的地」並不是什麼好地。一面說，我眼前浮現旗津那片沙洲，下雨天到處都是爛泥。後來，村子裡大人們在碼頭扛水泥，遇到袋子開線破掉，水泥扛回家，填進泥巴裡，開始有了水溝。

想著出生的村子，我停住，許多事不知道怎麼說。停了幾分鐘，我說彥青啊，媽媽在家時還算我的好時光，後來，我爸上船失去音訊，村子裡鄰居家蹭飯久了，總不是辦法，只得上台北找我媽。人沒找到，還是要活下去，我說，彥青你好歹有個家，我經過的那些事，你哪能夠想像？偷麵包、當扒手、拔鑰匙偷機車，什麼事情都做過，飢餓狀態會讓一個人無所畏懼。

「接著？」彥青問。

接下去，發生的事混合著恥辱，更難講出口。吞吞口水，我認定彥青不會理解，他不理解捱餓的滋味。

「後來？」彥青換個語詞繼續問。

「人會長大，轉骨就轉運。」我淡淡地說。

我說那時候放學後，不想回去只有一個人的家。走出村子，過一條馬路，海邊的細沙讓我想到外面的世界。想著的是搭上渡輪，海那邊是另一個天地，但什麼時候才能夠長大，才能夠跑出去？渡輪碼頭有人擺地攤，五毛錢買個棉紙網，網到的金魚帶回家，附送幾條軟漂漂的水草。映著燈影，金魚在天花板上，我整晚瞪住燈影，輪轉著外面的繽紛世界。

＊

沒說完的壓在心底，彥青走後，我腦袋浮現出當年最不堪的事。

剛才是敷衍，我是想閃過去，彥青追著問，我還是說了一些。那時候，順著中華路走到西門町，讀到紅紙上徵人廣告，徵的是「小姐」。包吃包住，去不去？「我沒去，寧可餓肚子。直到碰見叔。」我冷起臉說，「叔請我吃了一頓飽飯。」下巴抬高，顯得有志氣。

「所以，在台北，你有一個好叔叔？」彥青不明所以。

「好叔叔？」我語氣平直。「供我吃住，讓我去讀書。」我記得叔對他一票朋友炫耀，路上撿來的，長得還不賴。我偏過臉問彥青：「知道不知道什麼是『落翅仔』？」

「落翅仔？」彥青搖頭。

過去的齷齪事，我不想多講，結語是：「借住那段時間，每天一件事。叔只有一條腿，睡前幫叔卸下義肢。做這事算回報，報答借住的恩情。」

跟彥青說到斷腿，再說下去我會喘不過氣。這時候，一個人坐在香爐旁，我點起一根菸，記起手指怎麼樣摳挖，凹凹凸凸的肉芽。

當年，我先端來一盆水，再幫叔褪下義肢，放在床旁邊。手指伸進斷腿處，搓下肉芽周圍的皮垢。日日做這件事，直到那個飄雨的除夕夜，我低頭清洗，一隻手突然抓向我前胸。「欠我的，國家欠我一條腿！」叔大聲說。這句我常聽，拍著空蕩蕩的褲管，叔跟同鄉常說同樣的話。四九年國民黨軍隊撤退，叔在軍艦上搬砲彈，砲彈飛過來，炸斷叔的一條腿。

手臂伸過來，我推開。應該叫喊，奇怪的是，當時我沒有叫出聲。屋內昏黃的光線、霉溼的氣味，瞬間，我回憶起小時候一件事。記得我踮腳尖，透過窗玻璃往窗裡看，太子爺與我爸的合照底下，我媽坐在鄰居伯伯身上。媽咽喉裡發出聲音，後背弓起來，像一隻叫春的貓。不，我不再是小孩，我已經是有經血的少女，而這裡是台北，我被叔的身體壓在底下，牆上的壁癌不斷蔓延，壁癌繼續在長大，像水滴、像雨點、像我見過的水墨畫，瓜蒂從藤蔓中垂下，像是斷腿處凹凹凸凸的肉芽。

肉芽連接著傷疤，曾經連接著炸飛的血肉？叔不是唬爛，義肢是太子送的。

叔在睡夢裡常常叫喚「太子」。在叔口裡，義肢有特殊分量，那是太子體恤，請外國軍醫為這受傷小兵裝的。需要壯膽的時候，義肢更等於太子分身！若有人移動叔在巷子裡歪放的摩托車，叔一隻手架著枴，另一隻手提義肢，衝到門外叫罵。愈罵愈來勁，他指指手裡的義肢，「狗日的！」叔用粗話罵，一面揮舞義肢，「不看看，哪個人？這是哪個人送我的？」

很大聲，叔喊出那個震懾四方的名字。

恩人？貴人？告狀的人？訴委屈的人？當年媽媽離開，我爸掉淚時也會叫喚「太子爺」。「太子爺，你評評理！」我爸哭訴著女人跑了，就這樣挽個包袱走掉，而我們那個家，如同海上的船難行李，一件件被打散打碎。不只我們，村子裡家家都有泡溼的箱子，梅雨季如果有陽光，竹竿上攤開掛下，晾曬厚衣服上的白色霉點。

「說好的，以為兩個月就回家。」「一年兩年，明年應該可以回去。再住下去，人會水土不服，衣服也禁不住這種天候。」一面拍打竹竿上的衣服，村人們互相牢騷幾句。

太子爺其實有照顧，大陳義胞才破格領到「船員證」。遠洋漁船賺錢多。孩子們聽說，寄來的航空信封藏的是美元鈔票。沒收到信的人家鬧哄哄一片，女人吵著要投井。人從井邊拉上來，衣服溼透，胸口裂出傷痕，跳井是因為姦情，發現跟男人私通。村子傳的就是這些事。我聽說，醜事掀出來，抓著淫婦會往死裡打，那麼，我媽怎麼辦？想到站在窗外踮腳看到的事，我有些不安。爸說，我媽已經死在外面，真的假的？繞著童年記憶，一堆沒弄清楚的糊塗帳。

再一陣，我爸上船，鄰居家蹭飯久了不是辦法，那時候家家都窮，哪來的餘錢多養一個孩子？我胃口大，看人臉色才敢動筷子，肚子總是塞不飽。有時候餓到眼冒金星。幻覺中，想著哪位神仙願意帶我上天宮，坐下吃一頓蟠桃宴。最好再吹一口氣，換給我一副不會餓的身體，跑出村子時我一面胡亂想。

跑進太子宮，我飛快抓一把供桌上的柑仔糖。抬頭看一看，一張娃娃臉，身穿閃亮亮的戰袍，我悄悄走上前，撢掉祂戰袍上的灰塵。蹲在供桌底下好幾夜，相信祂認識我，三太子是我的童年友伴。

因為這昔時的緣分？呼喚「太子」的聲音打中我的心？認了吧，似乎別無選擇，跟我相關，與我身世相關，我難逃今生這份宿命。

第五書　宿命

到夜晚，剩下我一個人，聽見的又是老人耳蝸裡的聲音，像是急速攪動的渦輪。

近乎全盲的老人閉著眼，他聽見雨打在屋簷上的沙沙聲，帶雨的風來自空曠的地方，穿出彎折的河道，撞向近處山壁，而回音嗚咽，像拉長了繩子在扯鈴，老人張開耳朵仔細聽，又像是此起彼落的哭聲。有人吸著鼻子啜泣，有人扯開喉嚨哀號，當年他父親的靈堂裡，人們排隊瞻仰遺容。許多人仆倒在地，猛捶自己胸膛，「回不去了。」一聲音周而復始，重複的是「回不去了」。

雨點摩擦著樹葉，一陣急一陣緩，此刻老人輾轉反側，身上每個部位都在痛。老人哎唷叫痛，嘴裡同時在囈語，晚了，他一直在說謊，這是個彌天大謊，但他應該說實話，應該告訴所有存著誤解的人，回不去，哪裡也去不成，做鬼也回不去了。他卻眼睜睜地看著，謊言滾雪球一樣愈滾愈大。他不能說，因為那是個祕密，父親生前不能說，一年又一年，父親以「反攻」來鼓舞士氣；後來更成為「法統」，與老邁的國大代表一樣，成為他父親維繫政權的方式，然而這個謊言有重量，他一直馱在背上。

老人床前，我跟隨老人心念在歲月裡往返。剛才眼前一閃，有個大塊頭飛快撲向前。哄哄一陣亂，耳朵裡彷彿聽見聲音：

美國特勤衝出來，手掌按在他肚子上，把他撲倒在地。

跟他出訪的外交武官、情報人員，日後都聲稱自己是挺身為他擋子彈的人。

我睜開眼睛，老人在回想多年前發生的事。一串連續畫面，生死一線的分秒，始終讓他困惑，不只因為驚悚，更關係著他始終不解的謎題。他想問為什麼，到底為什麼，有人用槍瞄準自己？為什麼這優秀的青年要殺死自己？

安全人員攔截住那人的家信。化名沒有用，逃避不了嚴密檢查。拆開那疊攔下的信，他在夜深時展讀信箋。鉛筆字清晰，柔細的筆觸，紙上是平凡的日常生活，許多段落描寫釣魚的日子，內容充滿釣魚細節。釣上來，再把魚放回水裡，手掌舀水，輕輕搖晃著，耐心等待那條魚在水裡復甦。信裡有時夾著英文，他查過字典終於弄清楚，刺客描述握著魚的心境，用語是 tender-loving sadism。

老人在床上翻轉，想著刺客也是水裡的魚，這尾魚正在自己手掌心搖晃。據說人在北美洲，流亡中度過一年一年，tender-loving sadism？溫柔地搖晃？還是無盡地折磨？他想著刺客至今還沒有落網！然而更深一層考慮下，他寧願那個人不必落網，畢竟，抓到又怎樣？等著站在法庭上公開審理？他並不想親耳聽到那人說出：你們父子終將過去，你們所護衛的一切終將過去。

過去了，快過去了，他嘆口氣。一片黃葉，颳進落地的玻璃門，颳到老人床旁邊，他記起自己曾經年輕，流亡的日子他也經歷過，十幾歲就顛沛在北地，父親根本遺棄了他，等也等不到回家的日子。多少無眠的夜，躺在床上，他數算一件件想起來仍然心痛的事，他告訴自己疼痛快過去了，一切都會過去，臟器裡咬齧般的痛感也會過去。老人望著床邊困住他的輪椅，他意會到何等可笑，多年來，竟然以展讀刺客的信來娛樂自己。像一種病態，他不時會問起那名刺客的消息，監看的本子上詳列下日期，哪天有陌生人送禮物去刺客家，見到刺客父親深深鞠躬。讀到這類報告，他習慣地皺一皺眉頭。其實，他並不在意當年那一槍，他在意的是刺客因為那一槍而獲得的人望。他想來心裡不甘，好在自己也有民間友人，上次才送過來一隻新鮮土雞。畢竟有人喜歡我，他們真心愛戴我。

他想想又覺得荒唐，竟然跟刺客做比較，以為在參加一場人氣競賽！

有一農家八十六歲的老太太，手持蕉扇，要摸摸我的手；三歲小孩，跑過來要我抱他，被包圍於人群之中，至感親切。

農民送我蛤蜊，其情至為誠懇。上碼頭時，又被人群包圍歡呼，深為感動，含淚上車。

發現我在山坡上，就像人潮一樣，向我湧來，問好、握手，一起攝影。

他承認，刺客讓他印象深刻，即使事隔多年，很難忘記那雙年輕的眼睛。薄嘴唇抿成細細一條線，刺客眼裡有壓抑的怒氣。聯想到什麼？當年，自己也怒沖沖寫過決裂的信，跟父親斷絕父子關係；當年，甚至想過動手殺人，殺死父親？不，他不敢，想的是殺死自己！

腦海裡一堆問題，如果把刺客引渡回來，他會堅持閉門審訊，最好是安排一處祕密地點，由他一個人審問刺客，而那些問題，他心中已經問了千遍萬遍。其實不是問罪，他是想要自我辯解。或者他太寂寞了，沒有人可以說真話，他只是想找個機會向人告解，特別是舉起槍對著自己的人。如果死在一顆子彈底下，早一點結束，屍骨還給父親，對於他，那是完美的安排！多年來，繼續在腦袋裡擬想，最想跟刺客說的話是：「你不了解，有誰了解？擔子有多沉重？」他想要對刺客說清楚，做他父親的兒子，活著就是沉重的負擔。

一顆子彈，瞄準了射向心臟，如果結局是那樣，他及早就可以卸下負擔。如果結局真是那樣，他最想知道的是，撫著自己屍身，父親會不會掉下眼淚？

為什麼不瞄準一點？為什麼，不是一槍解決掉？

對他是難題，許多時候，他分不清維護父親與獻祭自己的區別。

安眠藥沒有效，精神益發亢奮。老人睜大眼睛，沉浸在往事裡。

他回到那個時間點。子彈距離他頭頂不到半公尺飛過去，嵌入飯店的旋轉門。隔一條街，僑界舉行的歡迎會在他旅館對面，預定從旅館步行到會場。臨時下一陣雨，他坐上禮賓車，預定的時間是十一點四十五分，他早到幾分鐘。事後，聽安全人員簡報才知道，因為他已經站定位置，刺客沒有跟上，不得不在台階上匆忙開槍。

槍口向上，子彈飛高了一點點。

思緒來來回回，貝瑞塔點二五口徑手槍，一公斤，在手裡有些重量。太重了嗎？舉高起來，舉得太高。手槍高過肩膀，高了一點點，錯過目標。

短短一瞬間，他被特勤撲倒在地，他忘不掉那人的眼睛，恨恨地盯視著自己。

如果那時候就結束了？如果那時候就倒下去呢？躺在床上，他苦笑了，回頭看，刺殺不遂，倒是禍福相倚，意外地讓他受到多方矚目。這趟訪美行程本來不算大事，他身分雖是「太子」，官銜只是行政院副院長，卻因為遇刺，再加上白宮後面有台僑抗議示威，讓他來訪成為當晚美國的新聞頭條。第二天，美國三大電視網分別撥出時段，評論台灣島內政治。當他飛回台北，松山機場出現萬人的歡迎場景。報紙頭版寫著：「歷史新力量的勃興」、「一位新政治家的崛起」。有人說，遇刺這件事，讓他的時代往前推快一步。

他需要的是理解，只是一些些理解。沒有人理解，他仍是當年那個受傷的孩子。

活下去並不容易。有時候他需要麻痺自己，酒精加上安眠藥，他在自暴自棄。

關燈沒有用，打開燈也一樣沒有用，老人的心境是個泥潭，而我雙腳踩不到地，自覺在泥潭裡愈陷愈深。

亟需要換個環境，披上一件毛衣，腳步快又急，我走下樓梯。穿過公園，公園這裡以前是「三橋町」的公共墓地。幾支失修的路燈，樹枝投下詭異的陰影，在人行道上搖曳。

我習慣夜晚，自認是屬於夜色的人。這一晚，改變平日的動線。經過中山堂，走到長沙街，我又繞進小巷，橫穿兩處紅綠燈，中華路這一帶很少行人。角落堆著垃圾，兩隻流浪狗狺狺地覓食。我放輕腳步，避開雜草中的狗屎。

近處迷迷茫茫，下毛毛雨嗎？讓我想起紅燈一閃一滅的平交道。黑暗中我停下腳，四周藏著某種呼喚，自從當年上來台北，我常常做噩夢，夢裡總是一個人，或者我需要解夢，為什麼來到這裡，莫名的力量在牽引？小丘上有座鐘樓，鐘樓屬於西本願寺，我站立的地方曾是納骨塔所在。空氣中流動著什麼，每次經過，我手臂爆起一排雞皮疙瘩。西本願寺的大殿，在二二八時充作偵訊的黑牢，我直覺這裡陰森，耳朵內彷彿有人在悲泣。

哭泣聲中我記起什麼？曾經是事發地點。當年我餓了？累了？還是害怕？在那片火場，站在焦黑的瓦礫中，一樣東西打在我臉上，掉下了半截手臂？冒著灰煙，那是燻成炭色的樹枝。這裡的違建曾經收留許多流動人口。

「死在外面最好！」爸咆哮著。灰燼中，爸低頭一陣亂翻，厲聲對我吼：「哭什麼？睜大眼睛看看，有沒有你媽的東西？」

爸說媽外面有野男人，「燒死活該！」爸詛咒著，那是我媽活該輪到的下場。四月五日那一天，大火由下午燒到深夜。幾天後，爸跟我搭火車來台北，到火場找人。靠近鐵道，這片木造違建叫作「中華新村」。幾百戶人家共用一個門牌，據說，裡面有許多沒報戶口的流民，到都市找工作的大陳人也來借住。

緊緊跟住我爸，當時往前挪步，一樣東西剛好掉在我頭上。燒焦的樹枝？還是掛下來一隻手臂？不敢回頭看，打著哆嗦快快走。偉人崩殂，天有異象，就在老總統去世這天，火由「中華新村」燒起來，西門町的天空變得紅通通一片。

人們目睹的是「天火」？這話不能亂說，想到「天火」焚城，聯想到上天降下懲罰。逝世的是位仁君，仁君施行的都是仁政，所以哪有「天火」？即使起火，理應迅速撲滅，火場中哪可能有焦屍？即使有人失蹤，不見的都是沒戶口的遊民。

「天地同悲，人神共泣」，報紙接連數日加上黑框，弔唁致哀的新聞擠滿版面，火災只是一則很小的消息。接下去一個月，機關學校下半旗，電視畫面變成黑白，民眾出門要穿上素色衣裳，否則會被路人斥罵。霓虹招牌一律熄燈，「反攻復國」標語，連夜改成藍底白字的「永懷領袖」。

我爸很快放棄找人，牽著我回去旗津。幾年後，爸上船久沒消息，我一個人上來台北，每一間警察局進去問，希望他們重啟調查，有沒有我媽模樣的失蹤人口？

四處打聽我媽下落，我偶爾會走回這處舊址，我媽暫時落腳的「中華新村」。那把火毀了整片違建，住戶消散得無聲無息，沒人關心去了哪裡。爸總說我媽外面有男人。真的？假的？死了？活著？比起戴綠帽子，我知道，爸寧可人燒死在火場裡。我搖搖頭，不要，才不要。閉上眼，我彷彿看見焦黑的手臂，掛在眼前高枝上。

雷電交加，烈焰沖天，因為強人溘逝？這些異象絕非偶然。站在鐘樓小丘底下，我急急唸引魂咒語。嘴裡唸到「三更久，夜色長，接引亡靈轉家堂」，我心一動，接著唸「玉磬鳴，金鼓響，一步一步莫慌張」，彷彿有悠遠的鐘聲傳進耳朵。我頓時明白，跟老人之間的牽連，或也因為他姆媽是火場亡魂？聽到消息，可憐他連夜趕回老家，進門聽見哭聲，不好了，轟炸後清點人口，每一具屍體都炸得血肉模糊。從臂上金手鐲認出來，姆媽沒了，樹上一截焦黑的手臂。

他姆媽成了焦屍，而我曾在火場驚恐地尋人，莫非這份牽連讓我有感覺？一瞬間，我耳朵聽見聲音，吟唱？咒語？還是一串串招魂鈴聲？

草埔路上也好走
草埔路上也好行
引魂童子獻紙錢
渡男渡女渡子孫

我腳板踩在地面上，同時飄浮在半空。此刻我羈留在老人的年輕歲月。他滿臉都是淚水，失去姆媽，他在睡夢裡哭，又哭著醒來，他在淚眼裡寫日記：「很快感覺到愁苦」、「天氣陰沉，益增傷痛」、「雖未流淚，但悲痛之情難以言宣」，寫下的都是這類字句。多年來，折磨他的還有睡不著的毛病，自責加上恥辱感，他反反覆覆地寫：「連夜多夢、睡眠不安穩」、「一夜未安睡，且內心非常不安」，橫跨幾十寒暑，睡眠問題持續出現在他日記中。

日記飛快翻頁，在我眼前，像是一卷縮時攝影，含淚寫下的字句串接起他過往。在莫斯科上學，他給姆媽的信上寫道：「您還記得吧！是誰打您？抓您的頭髮，把您從二樓踢到樓下？是誰打祖母，讓祖母因此致死？」他內心傷痕累累，記得最清楚的是父親對姆媽動粗，而姆媽摔倒在地。離開老家前他親眼看見，那一次，父親扯著姆媽髮髻，父親狠命打下去。當時他滿心怨怒，恨不得眼光是一支利箭，筆直射向父親胸口。

他的恨不曾輕減。多年後，依然記得見到父親那則結婚啟事的心情。「毛氏髮妻，早經仳離」，這是父親的公開聲明。「早經仳離」？父親指的是姆媽？他一次又一次重讀父親婚禮的消息。新聞報導中，「新娘子的白色婚紗像是天上摘下來的一大朵雲海」，握住那張報紙，他眼裡滿含怨毒，確定這是個冷酷的世界。

冰封的莫斯科冬天，沒有人跟他寫信，沒有人記掛他的境遇。父親把他們母子拋在腦後，更不會顧慮他這「人質」的安全。父親與宋女士聯姻，意味著「人質」可以犧牲，他知道，這時候自己是多餘的存在。

回國前夕，他告訴自己學會堅忍。恨意埋在心底，那是他深藏的祕密，任何時候都不能夠露出破綻。後來見到繼母，那位高人一等的「宋女士」，他溫馴地低下頭，恭敬地稱呼一聲「媽咪」。在父親與繼母面前，他態度上極盡謙卑。然而，嘴巴裡每叫出一聲「媽咪」，都感覺到椎心刺痛。家信就更要小心，隨時要提防有人背後挑撥，在信上，「雙親大人福體康健」、「請大人加以注意冷暖」、「大人膝下想念之情殊深」、「兒必有將奮鬥到底以此報答雙親大人養育之恩」，稱謂要抬頭，講到自己需要矮一格。矮下來、趴下來、跪下來，報答養育之恩……

一句句「雙親大人」，關係著他畢生的壓抑。他習慣隱藏自己，不只隱藏自己，他還徹底否定自己，為生存，他甚至矢口否認寫過與父親決裂的公開信！他說信是偽造的，因為當年受困在莫斯科，被逼迫寫下，並不關他本人的意思。政敵以這封公開信打擊父親，共產國際以他的語言來攻訐父親：「蔣介石曾經是革命的朋友，已經走向反革命陣營，現在是我的敵人。」自己怎麼會這樣寫？怎麼會直稱父親的名諱「蔣介石」？自己不可能這樣做，他否認得一乾二淨，寫下這段文字的人根本不是他。

他對姆媽的思念必須封藏起來，再看不到一點痕跡。拿著一塊橡皮擦，他複製父親做出的事。父親從生平裡擦掉前面的婚姻，而他配合父親，橡皮擦擦掉的是自己母親！無論心裡多麼疼痛，他表現得若無其事，問題在於，疼痛埋得夠深嗎？尖銳的碎玻璃，包覆在年月裡，隔了幾層紗布，碰著依舊刺刺地扎手。更嚴重在於，他擔心父親看穿他，繼母跟在父親身邊，他可以猜測，繼母常悄悄跟父親說，你這兒子太多祕密太有心機，繼母並沒有看錯，他始終是個藏著祕密的孩子。

我閉上眼，日記上這些字就在眼前。

「每天體溫亦較平時為高，此病大多來自心理。」「一週來健康不佳，走路無力……」「頭痛，一整日頭痛欲裂。不該在日記上透露那些悲觀的想法。」

我摀住耳朵，聽見一陣聒噪：

他的苦痛寫在臉上，這份自我質疑無休無止。

典型的病人，足以認定為憂鬱症患者。可惜沒有人敢做出診斷。在當年，世人對憂鬱症患者充滿偏見。若在今天，就可以順利就醫。

聒噪聲在我耳朵裡愈來愈響亮，震得我頭疼；而我眼前，他趴在桌前繼續寫日記：「昨夜服安眠藥過量，早晨久不起身，頭昏不適，自知已到非戒安眠藥不可的時候，否則健康就會一天不如一天，記憶力在衰退中，精神上的壓力一天要比一天沉重。」

第六書　沉重

這一天，彥青再次問起通靈的事。

指著供桌上的神明燈，我說，環境對了，靈力就可以開發出來。瞅一眼彥青，我神祕地說：「宮廟有特別的磁場。那段時間，只要我專心，猜得出別人下一句要說什麼。」

「準嗎？」彥青問。

我說那時候，在電視上看見政治人物演講，還沒說出的話，我可以替他說，說的是我完全不懂的政見喲，準確到百分之百。那幾年，我經常被自己的「他心通」嚇到。

接著，我又換上權威的語氣說：「當年，哪需要預備動作，吸氣閉氣，唸一堆有的沒的，就立刻發功。」

我沒說的是，有一回，不巧被師父看到，呼我好幾個巴掌。

沒說的也包括那時心裡的疑問。有一回，眼看師父還沒退駕，就站在廁所便斗前。從門縫看，便斗形狀像一朵雲，像一枝上仰的百合花，那麼，這是神明在尿尿？還是，乩身在尿尿？降駕一半會尿急，顯示乩身是騙痟仔？當年，我時時胡思亂想，搞不好在褻瀆神明。

扯下去，一些話像打開水龍頭，我自己都難分真假。站起身，我做樣子示範，「站直身體，蹲穩馬步，說來就來。厲害不厲害？」

我說：「隨時，隨時可以升壇辦事。」

彥青聽得一愣一愣。我再跟彥青解釋：「那段時間確實如此，找我問事的人比找師父的還多。」

聊得挺有興致，我問彥青：「《通靈少女》知不知道？」

彥青搖頭。

我說：「可惜早了一點，我紅起來那段時間，比《通靈少女》還要早。」

彥青是好聽眾，由我信口胡講。

「媒體找到我，必然的事。」那時命理變得風行，靠卜算本事吃飯的人一大把，只能夠各顯神通。同時間，看板做廣告的是某某居士；另一位摸骨大師，據說他手指懸空，在客人手背上點幾下，就講出一生運勢。香港來的「鐵板神數」也很風靡，唸熟那些考時定刻的口訣，幾十年禍福都幫人條列清楚。我一直介意，那陣熱潮中，媒體獨獨漏掉我，或者是補償心理，我跟彥青繼續掰：「是我拒絕記者採訪。硬氣吧，師父不認這個弟子，我也絕口不提師門。」再加碼說：「我這人的本事是大雜燴，什麼事一點就通，從來就無師自通。有次看到電視上高人展示『金蟬脫殼』。白煮蛋，整顆塞進嘴裡。一個蛋一個蛋連續塞。實在吃不下，只吃蛋黃，蛋白連同蛋殼一起扔掉。看過一次，這密技就變成自己的。我開始帶人做『金蟬脫殼』。」

「有效？」彥青愈來愈好奇。

其實是彥青的磨功有效。我認真起來，向彥青解釋怎麼做「金蟬脫殼」。我說，先朝北方拜三拜。北方是玄天上帝的位置，玄天一臉黝黑，又被稱「黑帝」。北方屬水，水為財，所以玄天掌管錢財。有時候，人們尊稱一聲親切的「帝爺公」，希望財源滾滾來。

聽著自己的聲音，角色是我？乩身是我？通靈的是我？編故事的也是我？我順口說起玄天造型有多少種，披髮赤足，捧著圓滾滾大肚子；有時腳踩一龜一蛇，又是正經的王者冠履。跟彥青一面黑白講，我想到小時候，瞪著屋裡的蜘蛛網，數蜘蛛的細腳，看蜘蛛怎樣拉起比牠本身大許多倍的一張網。什麼時候開始，我發展出這種能力，隨時膨風，把自己想得又高又大；據說野外撞到黑熊也應該如此，挺起胸膛，幻想本身變成一隻更大的動物，處境會變得安全。從小，我就有玄想的能力。好像壓按打氣筒，朝身體充氣，灌了氣，飛出現實世界。我漸漸飛高，進入另一個時空。

望著彥青，我說自己當年很膽小，大人不在家，屋子裡黑烏烏的，我靠亂亂想，想著可以飛天遁地，讓自己不再害怕。那時候最盼望跟別的小孩交換，做哪家小孩都比我們家小孩好。

那一次，村子轉幾圈，我溜到外面去。我說，當年跨進去一間廟，心臟噗噗地跳，供奉的並不是莊嚴的神尊，那個小人穿馬靴，臉頰有可愛的酒窩。頭頂是乾坤圈、手上火尖槍、繞在腳下的是混天綾，後來我在遊戲機換寶物，才知道每一樣都是仙家神器。火尖槍最威，降魔時可以噴吐煙霧；戰袍用來啟動聖火。我跟彥青形容三太子那件袍子，藍底銀蔥、立鱗凸繡，穿上去，世界就燒成一片火海。袖子甩一甩，瞬間紅焰連天，混天綾裹著，已經滾過重重障礙。我說，彥青啊，你要聽仔細，當年站在小廟裡，突然接上電，手腳不停打顫，就是我氣動的開端。

我又說，彥青，小時候我真會飛欸。我說的是手牽手，三太子帶我踏在風火輪上。溫軟的小手牽著我，踩著雲朵飛高起來，什麼都看得見。

聽到這裡，彥青問：「你肩胛有沒有裂縫？伸出兩片羽毛翅膀？」

翅膀？這一題沒想過。彥青在搞什麼？還以為我是聖誕裝飾的大天使？

接著，彥青認真地說：「帶我，帶我去你小時候的地方，拜託你。」

我後悔自己講得太好玩，讓彥青產生不實的期待。至於我的真實人生，比較像《孤星淚》、《悲慘世界》那種故事。當年在宮廟，捐來的善書裡翻找，除了《龍母真經》、《聖訓集成》、《爐香寶筏》之類的宗教書，總有些更好看的，拿起來我放不下手。讀著我會掉眼淚，故事裡的孤兒跟我一樣，在這冰冷的世界裡，受盡委屈也要活下去。

接連一兩個星期，彥青為出門做準備。對著手機，搜尋一路上想去的地方。

「不是什麼觀光行程！」我潑彥青一盆冷水。

聽著彥青開語音四處比價，漸漸我也想開了。出趟門，回出生的地方灌個氣，說不定從此拋開那個老人。何況做個小旅行，沒有想像中那麼困難，彥青自願幫我處理瑣事。跟預約的客人聯絡，看看是否延一週再來。

「打招呼，介紹我是你助理。」彥青興匆匆告訴我。

「人家都知道我沒有助理。」一面說，我偷眼看鏡子，臉上居然有藏不住的笑意。

＊

搭高鐵，第一站停台南，回旗津是第二天。

嘴巴說不要變成觀光行程，旁邊有問東問西的彥青，我變身旅遊達人。有些地方看風水去過，我揀些特色介紹給彥青。

彥青對小吃特有興趣，三番兩次說：「在台南，早上會有牛肉湯欸！」

車行速度飛快，隱約看得到廟宇的屋脊，我說起小時候看野台戲。我說，最喜歡正戲開始前的「扮仙」，一句「四時無災大賺錢」，帶來許多笑聲。《大醉八仙》那一齣，台上的仙班跟神明祝壽，把糖果餅乾從台上拋下，觀眾用紙箱、水桶、帽子去接住，很熱鬧！

我身騎白馬啊　走三關
我改換素衣唷　回中原
放下西涼沒人管
我一心只想王寶釧

耳朵裡轉著幾句唱腔，當年，廟口小板凳上，我在暗影裡擦眼淚，想著我爸好像薛平貴。流落在番邦？鄰居說爸被綁在拉斯維加斯，欠下太多賭債要償還，所以爸才回不來。

指著遠方層疊的廟宇飛簷，我幫彥青複習基本知識。「廟有規矩，所謂『科儀』，跟信眾之間互動的契約，比方說，有人最近太衰，就點一盞光明燈補運。」

「補運？」彥青問。

神明爐旁跟前跟後沒有用，許多細節彥青就是記不得。我耐下性子再講一遍：「廟裡說『拜斗』、『禮斗』，方方一個『斗』，代表宇宙。」

下高鐵，坐上計程車，先到市內一間太子廟。時間不夠，來不及趕去新營。這裡有新營太子宮分香。

望著廟裡等著出巡的黑白無常，彥青睜大眼睛。過一會走下台階，摸摸四周的蟠龍柱，盯住藻井旁的交趾陶，彥青分明是好奇的觀光客。

「中壇元帥」神尊前，我拉住彥青，想著實地測試的機會來了。我記得之前彥青說的，「腳下，踏著輪子。」當時一邊說，彥青手臂還三百六十度畫圈圈。此刻我想試試他，跟三太子是否特別有緣。

看他毫無防備地站著，我猛力推他一下，「三太子面前，你跪跪看。有什麼不同？」

彥青搖頭，絲毫沒有感應。

在殿前走走逛逛，一群國小生準備排隊進廟。

「太子廟小孩特別多。大人帶來拜拜，有緣就給三太子做契子。」我說。

「三太子願意？」彥青問。

「緣分吧，只能看緣分。」我說。

「三太子喜歡小孩。」我加一句：「對小孩，三太子常是有求必應。」

我跟彥青講過這個故事。三太子是靈珠子投胎，下凡在陳塘關，小小年紀就闖下大禍。我還說到太乙真人回來替哪吒料理魂魄，「碧藕為骨」、「荷葉為衣」，那畫面好美。聽故事當下，彥青聳聳肩，顯然沒記在心裡。

望著供桌上的爆米花與可樂，我解釋：「三太子是個囡仔神，拜就帶玩具、糖果，奶嘴也可以，當作跟太子交換禮物。」再加一句：「請歌舞團就錯了。穿著太清涼，三太子不喜歡。」

「囡仔沒長大？」彥青問。

嘆口氣，我說：「童年遇到一些事，留在那裡，從此長不大，永遠是個孩子。」

接著，我說起有一回，有外國人去我工作室研究民俗，對桌上的三太子很有興趣。講英文的學者問東問西，透過翻譯說了幾次，三太子有 daddy issues。

「Daddy issues，沒聽過。」彥青不置可否。

「嗨，你不是英文很強？還教阿啄仔華語？」我朝彥青笑笑，「翻譯告訴我，是指父子間出現問題。」當時那位翻譯說，他有跟阿啄仔解釋，daddy issues 專屬你們西方，在我們這裡，找不到相應的字眼。

尪仔標、彈珠、糖果，祂是人們心中沒機會長大的孩子。

為什麼剔骨還父？陳塘關故事講的不是神力，而是創傷。

「一炷香煙，無論信不信，至少，可以閉目靜心。」我轉身，對三太子金身，隔著台階拱手敬拜。

彥青跟著我拜了拜。

「求什麼呢？」彥青問。

我說：「求旨、求令、求法寶，求太子幫忙斬斷糾結。」我又說：「人人都有過不去的坎。」

「你有那種坎？」彥青認真問。

我沒說話。

回到神壇前，我安靜地合十，想著意識裡那位老人，怎樣都擺脫不掉，就是這一陣過不去的坎。

然而，我只是站著，沒有打手印，沒有唸「驅邪縛魅」、「內外肅清」的神咒，沒有請太子調動靈氣，也沒有請太子幫我關耳機清除雜訊，基本動作都沒做。我默默在想，莫非來到這間廟才弄清楚自己心意，說不定我甘願，甘願忍受耳邊那些聲音。彷彿一本難解的書，打開了，就想把它讀懂，想知道那本書與我有什麼關連。

見我半天沒回答，彥青愣愣問道：「三太子會不會走下來，幫你？」

我說：「平常心就好。」

四周望望，廟外人潮愈聚愈多。我擔心廟裡湧入進香團，「進喔！」「進喔！」的大動作嚇到彥青。

拉彥青靠近身邊，我小聲說：「陣頭進廟有可能衝一衝。有人會耍五寶、鑽火圈，有人口吐白沫，有人像陀螺打圈圈。有人用鯊魚劍刺自己，刺得滿臉鮮血，那是突然『降駕』在身上。」

「站在這裡看，會不會被『降駕』？」彥青轉頭問。

我是聽過這種事，有人在廟旁被抓生乩，接著大病一場，變成另一個人。望望彥青，我想知道得太多並不好，過度敏感反而暗藏凶險。摟一下彥青肩膀，我語氣平常地說：「來了，就接受，像一束光靜靜進入心裡。」

一束光進入心裡？聽著自己毫無起伏的聲音，我記起各種狀況，豈止被「降駕」有一定的風險，串接起靈力就是在以身涉險。像我，要持續身上的能量，必須伸出觸鬚，選我選我，我這裡亟需充電，若是遇上比自己狀態更差的靈，整個人被吸乾、被掏空，全身虛脫無力，不停地想喝水，躺在地下蜷縮成一團。只能夠等著下一輪的酷刑凌遲，像在夜店外等著再被「撿屍」。

有時候，連續嘔吐好幾天。狗，對著自己的排泄物是什麼感覺？

想著排泄物，看一眼彥青。這樣的聯想影響我胃口。

剛巧，彥青提起手裡的餐盒，興致很高地說：「真想試試，『降駕』怎麼一回事。」

我正色回：「別開玩笑，遇到的不一定是神明。聽過『卡到陰』？底氣不足運氣不好，也會碰上亂七八糟的髒東西。」剛才站在神壇前，我確實想過對彥青坦白，乾脆所有事都告訴他，讓彥青知道我這些年卡了又清、清了又卡的滋味。有時候是一場龍捲風過境，留下的東西像細菌、像病毒，自行合成、自行異變。那些東西在我身體裡欲去還留，走了？走得並不乾淨；消退？並沒有真正消退。怕的是潮水退下，露出滿地垃圾的退潮海灘。

「你不是說，像一道光波，進入身體。」彥青臉上顯出困惑。

面對彥青不甚明白的眼神，我柔聲解釋：「廟前神佛滿天，不一定遇上誰。遇上三太子，那才讓人甘願。等著恍神、出神，進入某種化境。」我又說：「三太子在身邊，像暖暖包揣在手心裡。」想著那份密合之感，正是自己苦求不得的狀態。暖暖包揣在手中，我以為在摩擦阿拉丁神燈？

彥青放下餐盒，皺眉苦苦思索。半晌，出乎我意料，彥青問起另一件事：「我們相遇，跟神明有關？還是，你與我就是有緣？」

怎麼說呢？相遇不是偶然，來到我工作室也是我刻意布置，其中有太多心機，分明是心機鋪排的結果。望一眼彥青，我肯定地說：「別懷疑，我們就是有緣。」

彥青很開心，握住我的手不肯放。

手被彥青緊緊握著，我突然很感慨。心中在哼那支老歌。「毋管伊是誰人，甲伊當作眠夢。」這些年無論碰到什麼人，我都是「甲伊當作眠夢」，長久以來，我不讓自己動感情。能不能，我也這樣對待彥青？

這瞬間，想起師父對我的看法，看我第一眼，手杖點著我額頭說：「這款囡仔，伊沒真心，一世人沒人真心對待。」

第一眼定終身。宮廟幾年，師父對我從沒有改變看法。

午後，搭車到民權路，轉個角，小小一間北極殿。

進到廟裡，我跟彥青解釋，鷲嶺這間祀的是帝爺公，算是我師娘那間的祖廟。我說，師娘講過，廟裡藏了極大的祕密。清朝時犯忌諱，不能說，人們卻都知道廂房供奉的「地基主」就是鄭成功。廟裡用黑色柱子，塗黑漆，屬於反清復明的暗號。正殿祀的帝爺公幫助過朱元璋，正是明朝的守護神。

彥青點點頭說：「上次，你跟我講過，這位『黑帝』，是管財運的北方神。」

彥青居然記住了，我讚許他說：「對呀，玄天上帝常是一張黑臉，好認。台北很多地方奉祀，大龍峒保安宮就有。」

繞過恭祝聖誕的壽桃塔，我抬頭，匾上是「威靈赫奕」四個字。

我眼睛才盯住「威靈」，一秒不差，彥青摀著臉頰大聲說，傷兵在叫痛。不對勁，彥青聲音很奇怪，我立刻驚覺，彥青應該是被什麼煞到了。我想著高上，彥青還好好的；到了台南，他問題變得特別多；進來這間廟他更加躁動。看起來，鷲嶺這地點對彥青很不平常。

外面正在炸鞭炮，再下一秒，彥青猛然甩開我的手，幾個箭步，踩上正殿台階。不是他原本的慢聲細語，彥青用足力氣在嚎：「大明招討大將軍國姓！」聲音直穿屋頂。我定睛看，彥青從未出現過這般凌厲眼神。

彥青額頭紅脹，面頰紫金紫金。他手指顫抖，明顯在氣動。

剛才彥青說，聽到傷兵在叫痛，那時還認得出他，多少是原本的彥青。這一刻，彥青變成我從不認識的另一個人！

第一個念頭是擔心。來這間北極殿是我的主意，為了求個令旗帶回台北。貪狼、巨門、祿存、文曲、廉貞、武曲、破軍幾顆星我常掛在嘴邊，紫微排盤一定用到，而鷲嶺祖廟祀的帝爺公恰好代表北方這七顆星。然而，彥青造化不同，他顯然另有觸動。莫非……因為這間廟的特殊歷史？聽師娘說過，在祀玄天上帝之前，此地是鄭軍由鹿耳門走水道進來的第一個據點，做過傷兵的救護站。無論原由是什麼，一切變化太快，我知道彥青毫無準備，突然被「降駕」並不好玩，考驗心房的承受力。我擔心瞬間衝擊太大，彥青會不會撐不過去？

「天雷神，地雷神，五百鑾雷緊隨身」，我唸咒，想到用咒語庇護彥青。寄望咒語的令旗一出，法力無邊，然而來不及，還沒唸到「下界護法度眾生」，一轉眼，彥青跳高半階，跨入後殿，姿態倒像是戲台上的尪仔頭！彥青比著捻鬚手勢，高亢的嗓音震動屋瓦：「大丈夫做事，磊磊落落。」接著，他唸起古詩：「開闢荊榛逐荷夷，十年始克復先基。田橫尚有三千客，茹苦間關不忍離。」彷彿有盞聚光燈對著，我望過去，彥青一個鷂子翻身，確實像位武將。彥青又繼續唸：「縞素臨江誓滅胡，雄師十萬氣吞吳。試看天塹投鞭渡，不信中原不姓朱。」每一句都押韻，聽起來極有氣勢。

戲台上背景打暗了。彥青移動著手腕，研磨，執筆，在寫信。他大聲唸那封信：「父既誤於前，兒豈復再誤於後乎？」「蓋自古大義滅親，從治命不從亂命。」我清楚聽出這幾句。

低下頭，彥青聲音又有變化，換成虛弱的嗓音，低語著：「大義滅親，做不出來，害到父親，我怎麼辦？」

「戰陣沒有用，水淹鹿耳門，沒有用……」「未報之恩，昊天罔極，此生再不能報答親恩。」聲音愈來愈低啞，彥青閉著眼在嘴裡重複。

彥青從後殿拜亭走回我身邊，步子像在夢遊。他眼波流轉，閃著奇幻的光芒。看了看我，彥青望著廟裡的黑柱子說：「進去軍帳，燭影中，國姓爺亮晃晃一身甲冑。」「戴頭盔騎在馬上，英姿颯爽。」接著，彥青打個長長的呵欠，語氣一轉，「怎麼辦？他們將要把銅像移走！」我聽得不很明白，上個月在工作室，彥青有過一次恍神，當時，也是沒頭沒尾的一些話。

攤在椅子上的彥青開始打鼾。我附耳過去，囈語含在嘴裡，再聽不出他想說什麼。

守在彥青身邊，想著剛才模糊聽到的那一句，「銅像移走？」哪座銅像要移走？府城的鄭成功？公園裡的前總統蔣公？這樣的景象牽連著我心裡的老人，老人在多年前就預見，他父親的銅像將陸續倒下，有的被丟棄，有的當廢鐵熔解，有的集中在一片空地，遠遠看，像是超現實的裝置展。校門前倖存的幾尊，需要勤加洗刷，隨時提防又被潑上紅油漆。

戰犯？屠夫？劊子手？威權象徵？民族救星？老人預知，無論自己怎麼努力洗刷，父親手上的血跡褪不乾淨。

閉上眼睛，我眼前景象變了，那是手拿乾坤圈的三太子，稚氣的臉龐上有一種不屬於孩子的空洞。神力沒有用，靈珠子投胎沒有用，師父是太乙真人也沒有用。血脈形同詛咒，生來就一身罪咎。只有剔骨削肉，剖腹剜腸，一股腦還給父親。

這樣的關連嗎？我腦海中水波盪漾，三太子神座高放在船上，跟著國姓爺飄洋過海。北緯二十七度的「東夷」、「流求」、「埋冤」，兩個島嶼？三個島嶼？海天一片、沙洲相繫，碧浪中連成一座鯤島。

這時刻，躺在我旁邊的彥青快醒來了。嘴角在哆嗦，嗓音細弱，斷斷續續的哭腔：「爸，原諒我。」「爸，對不起。」

我心念快轉，記得的是有一次彥青捲起袖子，我一眼看到手臂內側的疤痕。

「被打了，那時你幾歲？」

「五歲。」彥青說。

眼前出現畫面，苦痛寫在臉上，求死的念頭在心中迴盪，日記上的句子究竟是誰的心境？而彥青在廟前的異狀讓我悟到，靈力牽起的因緣殊勝，不相關的人與事可能共振共舞，產生奇特的連繫。

＊

時間不算長，退駕平緩。彥青忘記發生了什麼，只是嚷著睏。

原先逛廟的行程必須改變，我們提早在街邊一家旅館住下。遞上身分證，櫃台小妹抬起頭，看一眼靠在我肩膀的彥青，給出雙人床的房間。

側身躺在床上，我伸過去食指，按住彥青的太陽穴，試著感應他此刻的意識。

一層層潛入，彥青腦海裡，輪轉著他爸咆哮的聲音，「侖，這塊肥豬肉！」「娘炮，不帶種，教訓你，是為你好。長大要像個男人！」

他爸對彥青動手，一巴掌打在臉上，歇斯底里地吼：「孽障！討債來的？害死你媽，又想害老子！」女人難產死掉，前後還花了不少冤枉錢，他爸滿懷怨氣。

我記起打電動的時日，「系統錯誤」、「系統錯誤」，機器故障會發出震耳的噪音。我嘆口氣，錯了，系統錯誤，彥青是生下來就夭壽弄錯的孩子。

這是彥青的虛弱時刻，很容易讓我深入進去。下一瞬，好像順藤摸瓜，由彥青心底打開那扇門，畫面次第開展，進入彥青的童年。

彥青看到他爸站在梯子上，天花板拉電線，裝置竊聽設備。鄰居也是懷疑的對象。「潛伏的匪諜？侖，我這邊隔牆有耳。」他爸由軍職轉公教，當了學校訓導主任。老習慣始終不改，在校園，他爸自認為任務是監看師生。

「對岸在加緊滲透！」他爸常常唸的一句話。

家裡來了舊日袍澤，關緊窗戶，他爸悄聲說，「台灣不能鬆懈，有人在搞破壞。」「大陸怎麼丟掉的，要驚覺！」是軍魂？是氣魄？唱起軍歌，唱得氣壯山河。長大一點，彥青記得他爸嘴裡講：「太子爺駕崩那一年，我就知道完了，再也回不去了！」講這件事，他爸臉色總是異常凝重，那是彥青難忘的記憶，牢牢印在心版上。

這時刻，床上的彥青身體蜷曲，棉被外的手臂看起來格外細瘦。「丟爸在榮家，不孝，我是不孝子！」翻過身，彥青喃喃地說。

閉上雙眼，這一刻，我看到彥青他爸走在騎樓下，拿著一張長期處方箋，準備進去健保藥房。

地攤上有件東西，吸引彥青他爸的目光。指甲刀附帶放大鏡。他爸停下腳，考慮要不要買一把。這分秒，我多麼想搖醒彥青，告訴彥青我眼裡的畫面。你爸不是壯年，就是個可憐的的老芋仔。講話帶鄉音，開口遭人白眼，被時代徹底遺棄了，而這樣的老人腦袋我進去過。細胞斷了電，整個腦袋像危樓，踹一腳就會塌下來。

一次又一次，以平和的語氣，我告訴來工作室求籤詩拿藥單的人，你家長輩不是撞邪、不是譫妄、不是冤親纏身，那是治不好的心病。戰爭、逃難、離亂，老家回不去，始終留在半路上，一生一世放不下，夢裡又重回離家的時刻，回復到那個找不到家的孩子。這病不能醫，不需要為長輩求偏方，「神仙難救無命客」，我說。

躺在彥青身側，睡意始終不來，這是個思緒紛亂的夜。

閉上眼，彥青爸與我爸輪番出現，跟我耳朵裡的雜訊相應合。聲音念叨著魂歸故土，而我彷彿失去重力，在他們斷續的囈語中打圈圈。

下半夜，老人又回來我眠夢。

日記在手邊，老人眼睛花了。他看得吃力，哪一年的筆跡？

一頁頁往前翻，老人望著自己的字，筆畫很規矩，每一個字都試圖工整。早年尤其工整，需要交給父親批閱。

父親過世後，他繼續寫下去。下筆時再沒有隱瞞，放入那麼多自怨自艾。立誓戒斷安眠藥，戒斷安眠藥不成，回過頭又加深自責。這問題困擾他許多年，日記中反覆出現。

「連日陰風細雨，生活甚不正常，白天好睡又頭昏，……」

「陰沉的天氣，苦悶而又憂鬱的心情，日夜不安，有時如在昏睡中，手足無力，頭昏不清，……」

老人記起父親責備的眼神，為什麼總是讓父親失望？

情緒陷入低谷，老人想起一九四八，那是艱難的一年。政敵打擊他，奸商暗算他，日子記得很清楚：八月二十一日正式任命，到十一月五日請辭獲准，「打老虎」失敗了。整整七十天，行動結束以前，沒有一天他睡過好覺。

「工作環境，一天比一天困難，米的來源缺乏，小菜場的秩序還是很亂。」一個一個字，記錄當時的心情，更讓他憂煩的是那些謠言，把他說得很不堪。日記上他為自己辯駁：「我是一個一無所有的人，除了生活能夠維持之外，沒有一個廠，沒有一家銀行，凡是有錢的事，我都沒有份。」風雨快來了，識時務者急著棄船，看清楚風向，忙不迭搬運黃金，計畫搬到異地做寓公。當時他心意已決，就算剩下最後一個人，自己也是父親身旁那個人。

那一年年底？還是第二年年初？父親被逼下野。艱困局勢是不是轉捩點？從那時候開始，父親跟他處境牢牢綁在一起！多年前他曾經想逃，狠下心，想一刀切斷跟父親一切關連；如今，奇特的是，他已經記不起從前，他悲憫地望著父親，再記不起一心要背離父親的感覺。更奇特的是，他完全可以體會父親的淒迷心境。儘管在人前滿臉堅毅，不願意承認垮了，全垮了，但父親當然清楚，百萬大軍或死或降，都歸咎於指揮不當統帥失職。由成都飛離大陸的座機上，父親照舊一身整齊軍裝，那是全面易幟的日子。他站在旁邊，悄悄在擔心，眾叛親離，眼前是項羽在烏江自刎的場景，父親會不會生起荒唐的念頭？他眼光緊隨著父親，同時盯住桌上那把手槍。他顯然過慮了，父親沒有放棄，父親是愈挫愈勇的個性！

需要激勵的時候，他翻讀父親日記，如同摸著安定心神的護身符。「國恥，既可由我受之，亦可由我湔雪也。」父親日記上寫道。他嘆口氣，記起的是那一天，重慶局勢已經不可為，父親決定轉赴成都。他陪在父親身邊，從重慶市到機場，專車駛不動，逃難的車隊阻塞在路上，有一段路只得下車步行。最後一程改搭吉普車，走走停停，午夜才到達機場。槍砲聲很近，被迫夜宿在軍機上。軍機升空的時刻，敵軍距離機場只有十公里。半個小時之後，機場失陷。

成都留了十日，座機飛台灣。到台灣第二天，父親心情顯然已經平復。父親在日記上寫著：「入草廬回寓，空氣清淡，環境清靜，與成都晦塞陰沉相較，則判若天淵矣。」他眼中，父親具有何等的定力！當天父親回復平常作息，記下「廿四時前就寢」。翻到這一頁，他眼眶溼了，一個人的時候，他會嗚嗚地哭出聲。父親英挺的身影下，他又是原來那個低下頭認錯的孩子。想到從前，他神經質地抖顫雙腿，嗆咳著，喉嚨裡不停抽泣。自己太怯懦太緊張太軟弱太容易動搖，他不夠堅定；嗜酒暴食加上服用安眠藥，他絲毫沒有遺傳到父親的紀律。只要閉上眼，當年貪吃的小胖子回來了，瞪著自己浮腫的四肢，再一次，他聽到父親教訓他管不住嘴巴的叱罵聲。

我點支菸，深深吸一口，回溯的是老人久遠的過去，而憑著靈視，我似乎洞見了老人自己不願意面對的矛盾心理，敬慕父親？怨怪父親？這份矛盾埋在老人記憶的最深層。我見到老人在年輕時曾經設想去質問父親，為什麼那麼狠心，姆媽是毫無還手能力的女人，怎麼下得了手？竟然抓著姆媽頭髮打下去！後來，父親做出的事更讓他傷透心，只為與宋家小姐聯姻，父親竟謊稱與姆媽早已仳離！當年，他寫公開信跟父親決裂；在另一封寄向溪口的信中，他勸說姆媽逃走。立刻收拾行囊，走得愈遠愈好。給姆媽的信裡，每個字他慎重寫下：「希望在最近的將來能和您見面。假如您能出國，我將準備在任何國家和您見面。」他請姆媽相信他，天涯海角，兒子定會趕到。然而怎麼逃？自己是人質，身上發生什麼都不能夠掌握，竟然力勸姆媽離開家鄉。

偶然在一瞬間，老人會深情地回望。他惘惘地想著，當年如果離開了，到另一處遙遠的口岸，母子隱去身分，就有機會開始簡單的人生。曾是他唯一的機會，做個平凡人，運氣好的話，他會找到平凡人的幸福。

數月來常在夢中見父親，每次從夢中醒來，感念殊勝，而再不能眠矣。念父之心益切，今日迷惘中再無人導引。

心病？直到人生落幕，沒有人能夠治癒老人的心病。

「多少人仰仗他。」

足以原諒嚴重的家暴？

「他是你阿爹！」

足以寬恕一切犯行？

我在床上翻來覆去，腦袋裡的訊息紛紛亂。

「他帶我們出來。」

足以掩蓋所有謊言？

「他會帶我們回去。」

足以甘心接受……這巨大的騙局？

第七書　騙局

「進水了，進水了。」

「加工出口區，是那些辛勤的女工，促成接下來的台灣奇蹟。」

「誰來救我們？船在進水。」

高鐵換高捷，再搭渡輪，回去我出生的地方。

渡輪上，擠滿一日遊的觀光客。

我偷眼看彥青表情，經過昨天的折騰，他滿臉疲累。拍拍彥青手臂，想要激起他遊興，我隨口說：「走完村子，還有下半天行程。景點包括旗津的燈塔、砲台，沙灘，如果時間充裕，沿海水浴場走去風車公園，回程可以看公園裡的『淑女墓』。」

「淑女墓？」彥青眨一下眼睛。

浪花打上渡輪窗子，出現一圈圈水紋。之前，搭這線渡輪我一定會有感應。「進水了」、「進水了」，一堆細碎、交疊的女聲。她們在求救？水淹上來，手臂勉強伸高，高過肩膀。漸漸絕望了，許多隻手臂在水裡搖晃。

我跟彥青說，七十多位年輕女工，擠進限載十數人的舢舨。舢舨沉下去，撈上來二十五具屍體，集體葬在「淑女墓」。

「趕去對岸『加工出口區』上班。明知道舢舨超載，怕遲到被扣薪水。」

「有你們村人？」彥青問。

「小時候，沒聽大人提過。」我跟彥青解釋，當年村子都住著同鄉，死者中沒有大陳人，大概就不關村子的事。我又說：「村裡聽到壞消息，那是另一類。大陳人在船上惹事，被扔到海裡；或者，好不容易偷渡上岸，卻碰到死亡車禍。」我嘆了一口氣，對彥青說：「旗津這小宇宙裡，我們村子是個孤立星球。大陳人跟外界隔絕，消息並不相通。」

拖著行李，我們穿過人群。

走出觀光市集，還有長長一條路。彥青腳步拖拉，走得特慢。指著遠遠一棟舊樓，我為彥青加把勁，「到那個『斗六冰城』招牌，就近了，那是地標。」

靠近村子，牆壁上出現彩繪。魚麵、嗆蟹、白帶魚燜蘿蔔，一盤一盤家鄉菜，我吸吸鼻子，四周似乎飄起白帶魚的鮮香。我說：「媽沒跑掉之前，我有得吃。」嘴裡才出現當年的滋味，又想著彥青比我慘，根本沒見過媽媽。

我偎近一些，牽起彥青的手。

彥青明顯是精神不濟，我望著周遭說起從前：「村裡男人在碼頭上搬運，做挑夫，賣力氣。」「一個月，兩百塊錢，才兩百欸！」

我自顧自地說：「那時候，上船一陣子，大陳人又找機會『跳船』，為的是賺多點錢。」

記得的事在眼前飛轉，大陳人靠海討生活，我媽形容：「風浪無定數，我們大陳什麼都拜。」我媽自己喜歡問碟仙，三個人用食指頂住，頂住快轉的那只碟子，「活著？人還在？」我媽給碟仙出的題目繞著外婆生死。

我告訴彥青，碟子旋轉在找字，算我的靈異初體驗。聽媽說，她家有通靈基因。她小時候跟外婆去雁蕩山，遇見過飛簷走壁的仙人。

「怎麼找字？」彥青狐疑地望著我。

我解釋，碟子畫了方向朝下的箭頭。食指沒動，是氣動，碟子旋轉一陣，停下來，密密麻麻印滿字的紙上，箭頭指著一個字。

「紙上印滿字？」彥青又問，滿臉不相信。

我笑道：「很像那種黏蒼蠅的捕蠅紙，你把蒼蠅想成字。黃色強力膠，會黏手。」「柑仔店有賣。看過？」

彥青搖頭。

進到村子，許多事回來了。記得媽一直嚶嚶哭，我遞過去手帕，媽抱著我說：「真君託夢，你外婆快不行了。我上去台北，先坐船去香港，船票買到上海，到上海找隻舢舨，划都要划回外婆身邊。」

當時我聽得很糊塗，路那樣長，靠舢舨，什麼時候，才能夠划到外婆橋？

食指在拉扯？小碟子像舢舨，能不能帶我媽回去家鄉？一陣暴風雨，會不會在波浪中沉下去？我想著海水淹上來，舢舨裡搖晃著許多隻手臂。

甩甩頭繼續走，我指著近處一塊方場，「村子有兩間廟，『大房子』與『小房子』。原來都是蔣公靈堂，後來改成廟，供奉的當然是蔣公。」我又說，其實蔣公的兒子跟我們更熟，因為這位太子爺，大陳人來到台灣。

我解釋為什麼叫「太子」，又尊稱一聲「太子爺」，那是因為太子爺對大陳人有恩。太子爺特許，大陳人才領到「船員證」。我說，當時每家都窮，出去「跑船」就不一樣，薪水拿的是美金。

「特許你們大陳人？特權！」彥青插嘴。

怕彥青誤會，趕緊用我爸的話讓彥青明白，我爸說，太子對我們有責任。當年是太子負責大陳島撤離。我爸還記得太子視察大陳島好多次，撤退前十天，太子又從海邊上岸，好像破浪來的阮弼真君。太子在，大家就心安。

「『金剛計畫』，聽過沒有？」我問。

彥青搖搖頭。

一面跟彥青聊村子的事，想的是當年我爸特別強調，大陳人來台灣是「轉進」不是「撤退」；我們是「義胞」不是「難胞」。正因為浩浩蕩蕩整批搭船，我們的神明才有機會抬上船。海上遇到風浪那種事，大陳人會祈求真君顯靈。「改拜媽祖啦，沒人知道你們拜的阮弼真君是誰！」師娘曾經笑我。

走著走著，廟宇近了。回過神，我告訴彥青，「小房子」是村民給的俗稱，這裡應該叫作「蔣公報恩觀」，一樓拜蔣公，二樓有祀阮弼真君。我又跟彥青描述當年平安宴的盛況，院子裡擺圓桌，桌子擺滿菜，坐下來就開吃。我想著後來到台北，叔家待不下，我立即想的是找間廟蹲進去，廟裡會提供免費食物。

我挑些趣味的事講給彥青聽。記憶中，廟前搭過幾層樓高的祭拜壇，插旗子、擺香案，祭拜壇旁架設平安橋，捐款最大筆的第一個上橋，需要保庇的名字報給神明知道。我繼續說：「那時候，孩子們喜歡熱鬧，很希望有別的廟過來，多幾尊作客的神明，供桌上顯得有人氣。鞭炮一直炸，那是進香團『參香』。神明也需要走親戚串門子，不是嗎？」當年的遺憾飄過我心頭，從來沒有車隊停下來，鑼鼓去遠了，鞭炮聲總是繞過我們的廟。

曾經納悶過，閒坐著的蔣公一定很寂寞，別處的神明怎麼不來打招呼？這一刻，我笑笑跟彥青說：「蔣公是專屬於我們村子的，不能夠隨便出去遶境。」

四千里家園赤焰滿天盡哀鴻
三十年德政綠蔭遍地皆樂人

我大聲唸出廟前柱子上的字，彥青接起斷掉的話題：「你剛剛說，『金剛計畫』？」

我解釋，那是太子調度，美國第七艦隊巡航，大陸人搬遷來台灣的計畫。

「噢，所以『太子』特別照顧你們？」

我搖頭說，也有人不這麼想。那時我們隔壁人家，就認為蔣家對大陳人不夠好。「這種地勢！」鄰居抱怨，沙地海水倒灌，一場暴雨下來，村子一定淹大水。鄰居又說，本來美軍有計畫，把大陳人直接遷到美國去，第七艦隊去大陳島運人，被政府攔住。要是那樣敢情好，不必辦綠卡，下一代出生就是美國人。

我記得，鄰居做出噓的手勢說：「美國人給大陳人一大筆美金，被蔣夫人整個拿走。要不然，咱怎會住這破爛屋子？」

這些年後，跟彥青提起當年的傳言，我還是不自覺放低聲音。擔心彥青聽糊塗了，我又向他仔細解釋，埋怨蔣家照顧不夠多，因為大陳人心中，照顧是該得的。逢到年節，村人會掰指頭數算，太子爺到底哪一天來，怎麼還沒有來。好像年節走親戚，太子爺來看我們是應該的。

「對他，有感情。」我講給彥青聽，村人提起蔣家，自家人口氣。譬如我爸喜歡說，太子帶長公子到過大陳，長公子英文叫「愛倫」。太子在大陳人面前也這樣叫，沒當大陳人是外人。

「你們，算家人？」彥青不明白，偏過頭來問。

我心裡想，家人？真是自家人？怎麼可能！人家是太子，身分貴重；我們大陳人只是死腦筋。想著太子把我們撤出來，就跟定了他，要跟著他再回去老家。

我皺皺鼻子，無奈地說，我們大陳人確實重感情。蔣公移靈時柩車經過，台灣有多少處「大陳新村」，就擺出多少張香案。大陳人披麻帶孝，祭品中有大陳人最會折的金元寶。

「老先生病逝，接著一心指望他兒子。」我告訴彥青，等到這對父子相繼故去，對村裡長輩，意思是再回不去了。

站在住過的那條巷子，我悶聲說：「我爸，不像別人寄美元回家。我爸才真叫作『跳』船，船頭一躍，跳進海裡。」嘴裡順口胡扯，但我寧可是這樣的結局，為賭債賣身，在賭場日日夜夜洗盤子，下場太窩囊。

走過一排磚房，彥青開口問：「後來，你媽有沒有消息？」

「見不到了。」我淡淡地說。

彥青愣一下。我接下去：「外婆家在溫嶺，我媽只要心裡悶，就說想回外婆家。」我又說：「回不成老家，應該已經死在外面。」這樣算是交代過去，我沒提西門町那場大火，更不會跟彥青說起不小心看見，麻將桌底下交纏的兩隻腳，白嫩嫩的是我媽，另一隻有濃黑的汗毛，我爸嘴裡的野男人。

當時蹲在地下，我緊緊盯住那兩隻腳。我媽的一隻勾住男人褲管，腳趾伸進去，一路往上爬；男人的一隻搓揉我媽的腳掌心，正在噁心地蠕動。

看在我眼裡，鋪著汗毛的男人腳背像毛蟲，在夢中，毛蟲在長大，畫面變得猙獰，毛蟲變成插滿黑色剛毛的怪物。從此，我看到光著腳的男人會想逃。多年後，我才學會在嘴裡唸安神祕咒：

驅邪縛魅　除穢除殃
智慧明淨　心神安寧
消災降吉祥

悄悄抹一下眼角，接著我說：「不去提以前。人啊，靠自己還不是就長大了。」

對彥青說的是實話，後來在台北，都市裡浮浮沉沉，我很少提起過去的事。

似乎靠著失憶，我才可以暢快呼吸。偶爾腦袋裡想到村子，記得的是沙洲淹水後成了垃圾場，雞毛、破漁網、保麗龍、漂在水裡的死狗、混著毛坑沖出來的屎尿，鼻子裡聞到腐臭的氣息。後來，在台北賺飯吃，對於我，汙髒事也愈變愈平常，不過是活下來的伎倆。再後來，我告訴自己，任何人要我在他身上做任何事，就任由它發生，我不會少掉一塊肉。

*

挽著彥青，從「小房子」走向「大房子」。

我告訴彥青，「大房子」曾經叫作「蔣公感恩堂」。指著前院幾張舊藤椅，我說：「上次坐在藤椅上，那是被請回家鄉。村人聽說我在台北開壇，要我收錢辦事。」

「辦事？辦什麼事？」彥青問。

我對彥青說，長輩找我回來，因為自己人容易溝通。說是社會氣氛在轉變，改觀音為主祀，外界觀感比較好。

一邊跟彥青解釋，我記起當時站在神壇前，困難的是要想出這一題該怎麼問？是要問蔣公，正殿坐膩了，寧願搬到偏殿；還是問觀音，娘娘是不是更適合居中，坐在正殿。

旗杆掛國旗，天花板油漆國徽，望著，對我都構成壓力！難處在於，手裡兩片筊，怎麼讓它們一正一反！我掂掂手裡的筊杯，好歹要有個交代。

「上天有旨，眾神共助，代天宣教，叩答恩光。」三炷香，我在蔣公金身前繞圈，愈繞愈快，光影在我眼前周轉，攪混成連續的圖像。我口裡不停地唸：「世人縱識師之形，誰人能識師之名。」經文反覆幾遍，「佛之意兮祖之髓，我之心兮經之旨。」小心地彎身擲筊。一開一合，三個聖筊，都是允筊！看起來，正是神明的心意。

允筊三次，准了。真的？假的？當時像模像樣，這一刻垂下眼瞼，我問身旁的彥青，做這種事，算不算欺心欺神？

我跟彥青說，或者自己心虛，安座儀式中，望著蔣公被移到偏殿，手臂爆起一片雞皮疙瘩。我又說，其實算順利，沒有異議，沒有波瀾，也沒有業力引爆。主神變成觀音，「蔣公感恩堂」順勢改名「觀音祠」。偏殿的蔣公由樟木重塑，原來那座蔣公放在法船裡燒掉。一切順理成章，應該說是順天應人。

一直說一直說，我聲音正常。沒有口吃，沒有喘不過氣，也沒有說不下去。倒出梗在心口的祕密，而我如常在呼吸。對著彥青，我一字一句，平順地說。因為是彥青，說出來是有可能的；彥青在我身邊，說出來是有幫助的。

中興復國大旗舞滿天
正義凱歌乘海奉君歸

我跟彥青說，蔣公像放在法船裡燒，法船推進海裡，船上放一堆金元寶，也算是另一種形式的「乘海奉君歸」。

一口氣講出憋了十幾年的事，我心情是前所未有的輕鬆。

過馬路走到海邊，拉著彥青坐在沙地上，我閒閒說起村裡老人漸漸凋零，年輕人換上新口音新身分，離開村子去闖天下。

「你在這裡出生，這是你的家鄉，就應該常回來看看。」彥青認真地說。

「那麼，你也應該找機會去養老院，看你爸。」說完，在心裡吐舌頭，我回話太快，但願沒有闖禍，不至於碰到彥青的痛點。

靠著彥青的肩膀，我跟他說，木麻黃、林投樹、雞母豆仔樹，小時候，我熟悉這裡每一棵樹。

肩並肩，我們在沙地上坐到了傍晚。這天的海面有彩霞，指著遠方我輕聲說：「當年，搭上渡輪，就是另一個世界。一九八〇年代，高雄港正加急興建貨櫃碼頭。想著什麼時候能夠長大，貨櫃大船帶我去遠方。」

我又說起那尾金魚，「橘紅尾巴，飼在碗裡，隨燈影變化，我想像，金魚是跑上天花板，在天花板上游來游去。」替自己童年接上一個尾巴，這個結尾很夢幻，帶著搖晃的光影。

第八書　光影

轟轟五雷繞寶殿
道法無量鎮乾坤

回到台北之後，彥青變成另一個人。

似乎正在發現真正的自己，彥青對通靈這件事愈來愈有興趣，說起身上帶天命，彥青眼中會放出異采。

跟在我身邊，彥青重複說：「我爸不知道，知道了也不會相信，他從來沒有正眼瞧過我，不會相信我有這種能力。」

「神明心意，猜不透啦，這種事不能指望，我們只是媒而已。」我試著提醒彥青。

「『媒』？」

「暫時停在身上，說不定，喝杯茶就離開。」委婉地對彥青解釋，一旦當成倚靠，就會像我一樣，整天盼著再充電；要不，就任由祂離開再不回頭，但驟然失去靈力，怕會沮喪到要死要活。

彥青不服氣：「你說的，帶天命，我們有特殊體質。」

我想要告訴彥青，當年師娘提點的話：「發現身上有靈力，隨時也會感覺，自己開始走下坡。」師娘說，靈力常是速來速去，來的時候，只管唸唸有詞，怎麼說怎麼靈驗。可惜好景不長，很快一切會歸零，被打回原形，回復到平凡的一個人。

換上清明的語氣，我告訴彥青，豈止乩身，每一間宮廟皆如此，接到的無論是濟公、三太子、關聖帝，神明眷顧的那段時間，香火一定鼎盛。某一天，神明走了，信眾離開，宮廟就漸漸黯淡。

「留不住嗎？」彥青問。

「神明欸！怎麼留？」我笑了。

「既然會離開，那麼，靈力在身上，有什麼意義？」彥青又問。

望著彥青迷惑的眼睛，我平淡地說：「或許，都沒有意義；就像我們相遇，日後想起來，也沒有意義。」

我說得太過直率？瞬時間，彥青面頰蒼白，頻頻搖頭。看起來，他不肯接受沒有意義這事實，急著想爭辯，彥青嘴角在猛烈抽搐。

我趴下身子，指尖牽起他指尖，灌給彥青一些靈力。我一面輕輕引導：「呼吸，深呼吸，一隻一隻指節鬆下來。」幾分鐘後，彥青面孔恢復了血色。

閉上眼，我有些黯然。看得出來，彥青身上的靈力在急速消退；至於我自己，耳朵裡的雜訊又大幅增加，靈力降至低點，我也走在下坡路上。

速赴吾咒
速至我身
急急咒至
速助吾行

唸咒沒有用，一連幾個夜晚，我睡得極不安穩。

閉上眼，聽見血水在體腔裡奔流。再一瞬，像尖斧鑿向冰塊，那是血水由心室竄出的聲音。老人正在叫痛，哪一天開始，身體出現惡兆，愈來愈不對勁，老人的腿腳失去感覺，麻痺部位正移向臟腑。醫生換了一位又一位，老人在時光中往回巡逡，時時感覺到來自腹腔的尖銳痛楚……

我潛入老人意識，像一尾魚洄游其中。陰暗而曲折，一處一處迴路、一窪一窪泥潭，在溪口，僅存的相片上，他拘謹地站在父親旁邊，鎖著眉頭，心裡藏了許多祕密。因為不能說的祕密，他看起來總是少年老成，從未孩子一般咧開嘴笑。

多年後，安眠藥與抗鬱劑救不了他，老人剛睡著，又被奇怪的夢驚醒。在夢中，老人溫柔地吹著氣，一口氣接一口氣，想把掉落在姆媽臉上的灰燼吹走。我在老人的意識層進進出出，半夢半醒之間，夢與醒的邊界漸漸變得模糊，我在夢中掉入自己的童年。火場的景象回來了，媽媽有沒有在濃煙裡迷路？平交道旁一堆違建，她有沒有找到逃生的後巷？我媽未離家之前，曾是我的幸福時光。媽贏了錢，她包回家一碗紅豆冰，我多麼高興媽媽心情好，這晚上大人沒有吵架。嘴裡彷彿嚐到了冰屑混著煉乳一起融化的滋味。如果有一枚時空膠囊，把我記得的滋味，不，所有我希望的東西，一樣一樣放進去，一樣一樣找回來多麼好。

老人躺在床上，由於密集的靜脈注射，手背上一塊一塊烏青。老人望著浮腫的手背，他記得父親拿起戒尺體罰自己。那些年在豐鎬房，等著父親回家，大宅院忙進忙出，人們在背地說悄悄話，外面有了人，這次聽說是窯子裡的女人。他日夜盼著父親，盼來的父親卻大發脾氣。他並不介意父親管教自己，他最介意的是父親叱罵他姆媽，有時是母子兩人一起罵，嫌惡這兒子太胖，姆媽把他餵養成一個小胖子。我進入老人的意識深層，氣恨藏在更隱密的地方，西安事變時，父親曾在給繼母信裡提到他，一句好話也沒有，說到「經兒遠離十年，其近日性情如何」，父親用語是「不得而知」。想著那冰冷的字眼，多年後，仍然刺痛他的心。

忘不掉的還有另一封信，西安事變時，父親把這封信當作遺囑，留給他與異母弟弟。信中寫的是：「我一生惟有宋女士為我唯一之妻，如你們自認為我之子，則宋女士亦即為兩兒唯一之母。我死之後，無論何時，皆須以你母親宋女士之命是從，以慰吾靈。」父親用「唯一」之妻、「唯一」之母形容宋女士，當年，他拿著父親的信手指抖顫，多年後，過不去的仍是那個「唯一」！

心裡還有另一個痛處，正是老人的異母弟弟。從小，這個弟弟比他得人疼愛，長得英挺，身形比他酷像父親，弟弟還很會逗繼母開心。父親在給繼母的信裡誇讚弟弟：「至孝知義，其必能克盡孝道。」他始終忘不掉那兩句稱許的話。

我在老人腦海中逡巡，一件件事記得這麼清楚，也因為他太在意父親，然而，父親在不在意他？父親到底有多在意他？說到底，父親是以大局為重的人，會不會根本不在意子嗣？「若要我犧牲國家利益，我寧可無後。」父親公開說過這句話，殘酷的在於，他知道那是父親的真心話。

做錯了？又做錯了？為了取悅父親，沒有一天，他真正地放鬆下來！

「我一生之中，皆無可取之處。」日記最常出現的話。

＊

這一天，客人坐下就說要改運。

我瞄一眼她手上拎的名牌包，八成是當季新品。估量人我在行，錢對於她不是問題，所以不是要我為她開財門。

我說：「去病符、化官非、趕小人、砸爛桃花，選哪一項？」

拜過天公爐之後，指著金剛杵，「它無堅不摧。」我很有把握地說。

舉高金剛杵，揮一揮是前奏。我嘴裡唸：「桃樹柳枝，扶鸞勸化，斬掉一切孽緣。」

傍晚見彥青，我重述白天經歷。「客人爽到了，抽出兩張千元鈔，說這可好，再不會勾勾纏。」

「一了百了，免得人財兩失。」我笑著說。

「我不懂女人。」彥青悻悻地。

「心動的時候，女人內裡，像一朵朵款擺的珊瑚。」有心調教彥青，我才會附送這堂生物課，「關係到荷爾蒙運作，珊瑚在體液中伸展，粉嫩變成猩紅。催產素激盪下，顏色是產卵前的鮭魚肚腹。」

「心思千迴百轉？」彥青聽得發愣，好奇地問道。

「好像鐘乳石岩洞，四處是垂下的凝膠。又好像海底景象，有凹有凸滿布吸盤。你看過張開口捕食的海葵？空虛的腔腸需要被填充、被滿足。」

我拍拍彥青手背說，這就是難懂的「女人心」。

彥青瞪大眼睛，繼續問：「那麼，你有這樣的『女人心』？」

調整一下呼吸，聲音毫無起伏，我不顯任何情緒地說：「看多痴男怨女。我啊，這種事永久免疫。」

「那麼有把握？」彥青不放鬆。

板著臉說話，我就是要強調，自己過了那一關。這時候被彥青追著問，我胸口竟然隱隱在痛，還沒切除乾淨的「幻痛」？我急忙轉換話題：「想不想學算命，我教你。」

「跟在你身邊，好啊。」彥青直點頭。

拍拍彥青新理的平頭，我說：「訓練幾隻小鳥，可以學揀米卦。」

彥青皺起眉頭說：「學不會怎麼辦？」

我笑說，看過魔術師口袋那條紅絲巾，抖一抖，就有戲。我接下去說，要不，抖包袱一樣，抖出幾句咒語，我隨口唸：「日落黃昏是西山，雞鵝鴨鳥入在巢。仙人玉女該你回，三師三童該你歸。」

我說，當年就這樣學會的，跟著師娘一句句唸，很快背熟。

彥青點點頭。

「江湖一點訣，講破毋值三仙錢。」我瞇著眼說。

「就像看氣色，也很簡單。」對著彥青那張臉，我愈說愈當真，「撇步在於仔細看，臉上的細胞當作豆莢；皺個眉頭，看出膠原蛋白夠不夠，如果足夠，就可以維持豆莢原先的排列。」「又好像伸進去一管內視鏡，腸壁蠕動你會看得到，看到情緒，看出這人有沒有胃潰瘍。」

講的都是些枝節，把人當成標本，一片片切開來分解。一面說，我想起有多少徬徨的夜晚，自己瞪大眼睛等著天亮；每到黃昏，更是難捱的時刻。還沒繞過那一關？仍然滿心求不得的苦？靈力是目標，這目標最讓我求不得。像被餵了蠱一般，總痴想著會不會遇上，新鮮的滋養的，填補自己空虛的腔腸。

「為什麼，你總說，靈力不如從前？」彥青追問。

「人會一時失察。」我試著打住。

彥青卻想繼續這話題，「說嘛，為什麼？」

嘆口氣，我對彥青說：「當年，想為師娘解決困難，濫用了一次同情心。

「幫忙師娘，自己也攪炒進去。」一面說，我看見彥青眼裡湧現出同情。還好把師娘扯進來，為報恩而犯禁，故事有感人力量。

「那之後，你就不再對任何人、任何人動心？」彥青問，臉上有許多不情願。

送走彥青，他的問題是個小湯匙，攪亂我內心一鍋粥。這種時候，我寧可到外面晃蕩。

深夜裡不被打擾的場所不多，釣蝦場是個好所在。塑膠椅子上的釣客都像來自異次元，默默盯住釣竿，想各自的心事。鐵皮屋頂懸著日光燈，不明不暗的昏黃燈管，隔一陣就嗞嗞響，發出高頻率的聲音。

我低下頭，戴起工作手套，餌鉤串上一小方雞肝。我盯住釣竿，望著紅色浮標在水面漂流。一池平靜的水，瞬間拉竿，水面出現了微幅震盪。

「微幅震盪」？想的是白天找我問事的客人，問我股市會升會跌，我隨口說幾句。這人以為收到答案，低頭在手機下單。

我苦笑著想，自己是扭蛋機嗎？問事的人投下硬幣，順時鐘轉半圈，而我的功能只是吐出扭蛋。

這個夜晚，釣蝦場沒幾個顧客，望著池水，「你說你犯了不該犯的錯」，我輕輕哼。借住在宮廟的年代，聽過陳淑樺的〈夢醒時分〉，當時聽不明白，原來每句歌詞都向我預示未來。「犯了不該犯的錯」，我錯了，犯錯卻不可以彌補，那時候年輕，其實是一時衝動。

當年宮廟出來，我開始自立門戶，那個夏天，女人來找我算姻緣。她語氣嗲嗲地說未來，一堆粉紅泡泡。好命就好命吧，很難入耳的是她那種不經心。我默默聽她說，家境多麼好，受父母寵愛，從小任性慣了，砸壞東西是平常的事。她說起母親陪著她，一家家名店挑漂亮衣飾，同時我胸口冒出陣陣酸澀，在同樣年紀，我已經流浪到台北，一串不堪的事開始了。正在這時候，她咯咯笑著說，有人為她付出感情，不夠，她玩得不過癮，她想要每個男人都離不開她。接著，問我會不會那類迷魂咒，多少錢沒關係，請我務必教教她。耍弄別人的真心？看不到別人會痛？一堆男人受她蠱惑？聽不下去了，我看著鏡子，面目扭曲起來，脖子底部一條筋快速跳動，我正在心身連動。這女人有某種氣焰，調動出我潛藏的惡意！眼前飄飛著各色的冥紙，一個一個蔑視過我的人，嫌我髒嫌我賤要我吸要我揉搓，逼我下跪逼我討饒還把我扭送派出所，心裡祭起幡旗，我悄聲詛咒。讓她犯白虎、犯天狗、犯五鬼，嘴裡一個字一個字地唸：「魂／飛／驚／神，魄／散／驚／鬼」，讓她醜、讓她病、讓她失心瘋，咒她今晚會發作，痛到……像蜕皮到一半的蛇。我這端，已經掐住蛇的七寸。

施法後我立即後悔，犯了禁，動不該動的手腳，倒怕真的應驗什麼。夜晚愈想愈不安，怎麼樣都不能夠入睡。沒等到天亮，我回宮廟找師娘。

熱呼呼的泡腳池裡，邊抹眼淚邊向師娘坦白：「平平都是人，就是想知道，我沒的她都有，她還想貪更多，憑哪一點？」

「三腳貓法術，敢在無辜的人身上亂試！」師娘要我跟著唸：「菩薩晝夜常念善法，思惟善法，觀察善法，不容毫分不善夾雜。」師娘說是「解咒文」。連續唸一萬遍，消除一切魔障，化解另一個人的厄運。

唸完一萬次經文，師娘嘆著氣說：「幫過你的神明，遠了。」師娘又跟我說：「你要發誓，斷絕乾淨。此後，嗔痴不上身。」站在鏡子前，我觸摸自己身體，瞬時出現變化。用一個指頭輕輕搔，滑過胸部，再往下，小腹、腿溝，然後，觸摸陰唇與陰蒂，心是空的，我毫無感覺。

之後在解盤時，我經常冷笑說：「沒什麼稀奇，想的，不過是那根屌。」搖搖頭，等於伺機勸世，「不值得，為一根屌引發翻天的波瀾。」

犯下那件錯，好像動過外科手術，敏感部位碰一碰，像又冷又硬的石頭。身體變這樣，我自然心理不平衡。有時明知損陰德，我衝口而出，說過不少狠話。對著一炷香求復合的男人，我撇撇嘴說：「她腦袋裡另有人，想著那人套上你的陰莖，她才在床上配合你。」對女人我更毒舌：「連充氣娃娃都不是，認命吧，憑你，別想讓他勃起。」

對自己狠心，對別人狠心，為什麼那麼狠心？因為一次犯錯就沒法補救？打斷的童年是另一個因素？有幾次，遇到看得順眼的男人，昏沉沉喝多了，以為自己是鎖頭，正等待一把密合的鑰匙。然而，我很快警覺，嗔痴不能再上身！多麼合意的男人，當他是一隻釣起的活蝦。兩隻手掌併攏，盛一點水，蝦子在我掌心；下一秒，整隻沉浸在水面下。這一秒，帶來愉悅的觸感；下一秒，蝦殼涼滑，戳刺著皮膚。

翻轉一次，手掌拉高，釣上來的蝦離開水面，這隻蝦是玩物。死之前，還在活跳跳地掙扎！

睏意來了，鐵皮屋頂下，窗玻璃映著池裡水光，像冒著煙霧的湯屋。我閉起雙眼，正在飄浮狀態嗎？

「暗暗流著目屎」，嘴裡哼那支老歌，「⋯⋯亂亂紛紛，引我心憂悶」，悟出的事拼貼而破碎，是不是一切都弄擰了？耳朵裡一陣嘈雜，七嘴八舌，卻像在評論我頻頻進入的老人：

缺少溫情，跟他父親對待下屬不一樣，沒有顧念舊情這種事。

他對婚外女人也是一樣，絕情又無情。

上回，靠在釣蝦場椅子上打盹，醒來時後窗透進來一點天光。我走到後窗旁，外面是潺潺溪流，而這間釣蝦場搭在溪水上。為什麼先前都沒有察覺？好像自己屬於另一個星球，不小心在人世洩漏了行跡。鐵皮屋頂透光，四周景物愈來愈亮，眼睛很不適應，我只想躲回暗影裡。

又有一回，清早從釣蝦場離開。星巴克咖啡剛開門不久，我踏進去。瞬間是衝擊，進入另一個世界。顧客面前一杯咖啡，有人咬一塊可頌麵包、有人專注對著平板電腦、有人興致地講手機。晨運的人們進來了，陣陣嘩笑，店裡開始擁擠，大片玻璃落下耀眼陽光。原來，這才是正常運轉的世界。

跟正常人的世界距離非常遠，躲在背光的另一面，我早已習慣陰溼角落。難道還有些痴念？像蟾蜍黏纏的口液，剩下一兩根絲拉扯著。

依師娘的說法，欲望像衣服，狠狠心，就可以整件脫下來。問題是能不能整件脫下來，我記得一次，師娘手裡點著線香說：「我們宮廟這一行，講究宮規清淨，『不染人間桃李花』。」瞥一眼天公爐旁邊的師父，「偏偏男花心，女情痴。難解！」眼睛跟著師父，師娘臉上是幽怨的表情。

「不染人間桃李花」，不應該再寄希望於戒斷的東西，師娘本身做得到？

戒斷嗔痴，我發過誓，但還有一兩根絲拉扯著？釣蝦場後巷，由窗簾隙縫看進去，沙發上肩膀併肩膀，一對男女，平常的家居。光影飛快閃動，電視上是穿越劇，青冥劍騰空飛出，女追男，隔層單，不，不，「青冥劍」是泰國生產的釣蝦竿。這一刻，站在巷子裡我想著，試試教彥青，他可以算米卦；也可以搖起手轎，讓彥青做靈動時的「桌頭」；或者，兩個人四手聯彈，再加客人一隻手指，碗公滴溜轉，來請碟仙。這一陣，彥青常出現，看起來，我並不介意家裡多個人。所以，為彥青裝潢一間工作室？或者，乾脆搬到行天宮附近？彥青有外語能力，招牌掛著收信用卡，那是好生意，我們雙語解籤！一陣胡思亂想，我想到哪裡去了？

記起當年走進太子宮，小哪吒金光射目、甲冑齊整，酒渦的圓臉上滿是天真。只怪祂在九灣河裡小試身手，剝龍筋犯下天條。夢境中，我曾剝下花瓣，鋪成三才，法用先天，氣運九轉，心念是替三太子還魂。說不定，我犯下大錯也可以伺機補過，找到一位知心的人一起過下半生，正是我此刻的妄想。

坐著，旁邊塑膠椅子是空的，半夜的釣蝦場像一處結界。剛才一堆亂念，這分秒，耳朵裡聽見細微的哀音，我唸「急急如律令」，再換「神兵火急如律令」，來不及了，前劫後業正在現形！串鈴聲清脆響起，像是引渡一個人：「天黑雷閃阮心驚，陰府地獄要找母，路途生疏不得到，要請師父引魂路。」我閉起眼，迷濛的回憶中，離開村子，我上台北找媽媽。

陰府？黃泉路？火裡來水裡去，媽媽到底在哪裡？「行哦行過橋，哦！哦！」而這是下交流道的地方，橫著一座行人陸橋。一串萬能鑰匙在口袋嘩啦啦響，往橋底張望，陰暗處，一堆等我下手的機車。

逮個正著，抓進警局，銬我在桌腳邊。要我叫他「叔」的男人把我保出來，以為遇上好心人，叔在打長遠的主意。

我感恩，有吃有住是安穩的日子。直到那一夜，手臂抓摸我前胸，殘缺的身體壓過來。

用力推，叔縮回手，退到牆邊，反身抱住義肢。拎起那隻義肢要揍我？叔開始嚶嚶哭。一聲接一聲，叔嘴裡叫喚「太子」。

「太子，您知道俺苦，多虧您幫我裝上一條腿。俺娘替我娶的媳婦，還沒圓房，想回去，給俺娘生個胖大孫兒……」緊抱著義肢，叔用手背抹眼淚，鼻涕流到嘴巴裡。叔告訴過我，正月沒過完，在家鄉被抓伕，糊里糊塗編上番號。

哀憐他，當他一個失親的孩子。閉上眼，我做了可以幫他做的。想起我媽口裡的「破罐破摔」，罐子摔破了，世界早已經碎成一片片。

那一夜，叔不停地哭。肩膀上下起伏，淚水沒有停。「太子，太子，反攻帶上俺，俺剩這一條腿，爬也要爬回老家……」叔抽動鼻子，哽咽著。

天矇矇亮，我收拾衣服要離開。突然間，叔撐著枴杖站起來，說是帳沒算清楚，不能走，不准我走！

我轉身帶上門，冷眼望著叔。最後一眼，我看入他心底，沒有一點綠意，那是沙漠一樣的荒涼地方。

走到巷子口，童年的朋友回來了？牽起我的手，讓我套上一雙溜冰鞋。最困難的時候總會及時出現，帶著我翺翔，「祂」是我心靈伴侶。

後來，我找間宮廟蹭進去。匾上四個字：「代天巡狩」，左右柱子上有兩句話：

逢魔遇佛皆為度化
雷霆雨露俱是天恩

哪是天恩？回想起來，都是畸零人的命。

燈管舊了，電流通不過去，到夜半，釣蝦場高掛的日光燈嗞嗞響，像是鍋裡在煎東西，那是站在電爐旁，對著平底鍋，幫叔加熱那塊狗皮膏藥。我吸吸鼻子，刺鼻的氣味應該來自童年。我坐板凳上，陪媽在小店電頭髮。毛髮糊成一團，頭皮燙出水泡，焦味從此跟著我，跟著我到西門町火場。再次聞到，膏藥烘軟了，幫叔貼在大腿根。叔說炸斷的一條腿還會痛，叫作「幻痛」，斷開的沒有走，仍然黏連著。

種種不堪的過去，黏連在我身上。好像坐進燒烤店，衣服上沾滿清不掉的氣體分子，接著，洗衣機、蒸汽浴，香精、熨斗，送去乾洗店脫臭，氣味滲入每條纖維隙縫。「視之不見，聽之不聞，凶穢消散，道炁常存」，唸咒都沒有辦法消散。有一點關連，就黏附回來。

上一回，女客人進到我工作室。放下傘，抖一抖傘上的水滴，她苦著臉說，偏頭疼，一把扁鑽用力捅，疼得難以忍受。

「昔日恩怨，冤魂未散去？」我試著問。

想了一陣，女客人啞著嗓子說：「多年前的事。覺得，害死了那位伯伯。」

「那一年我很小。」女客人解釋，「當年是我爸，撥個電話告密，洩漏出伯伯行蹤。」

「為賞金？」我問。

「應該有。」她點頭。

她點頭又急急搖頭，半晌才接下去：「南北在大搜捕，我家是怕受到牽連。那時候，誰不怕？」

一通電話，她爸出賣了親近的朋友。

女客人在我面前，當時點上一支香，我才唸「太上老君行敕令，下界護法度眾生」，手臂已經爆起雞皮疙瘩，我身上有強烈的感應。

我繼續唸：「左社右稷，不得妄驚。回向正道，內外肅清。」一陣光影迷離，眼前是天降紅雨的異象，我見到那條新店溪，水面漂著一具浮屍。

刑警急於破案，無辜的計程車司機被逼得沒辦法，秀朗橋上往下跳。

「天雷神，地雷神，」我再唸，耳邊聽見山東鄉音說：「朋友女兒上小學，很乖巧。俺想，一定會被捕，乾脆讓錢有用處，讓小女孩安心念到大學畢業。」搶劫犯被捕時的口供。

我立即明白，客人就是那位當年讀小學的女孩。更湊巧的是，這件案子我原本就記得。搶劫犯叫李師科，跳河的計程車司機叫王迎先。當年，叔家聚的都是山東老鄉，常翻出那件案子來議論。「搶銀行，那麼大一筆，還回國庫多可惜！不為給小女孩讀書，也該把錢寄去老家。」「帶著身上的錢，怎不經過日本偷渡去大陸？」槍斃掉李師科是件大事，每到年節，同鄉聚在叔家發抒意見。

台北近郊無天禪寺，李師科有座塑像，叔的同鄉們常去那裡哭。「義盜！」在那裡才敢大聲說。灌下幾杯高粱，醉了喊冤。跟著軍隊出來，冤啊，上面的長官有家有眷，怕小兵失去反攻志氣，不准這群光桿在台灣成家。

在叔家發牢騷，有人盤算著早點退伍，東海岸買地、種水果、開卡車運貨，都是說說而已，接著又猶豫了，回老家才是正辦，誰準備在這島上過一輩子！

「這樣好，少一條腿，太子養你後半生。」有人羨慕叔的殘疾。

「肏你媽，你少說風涼話！以為去遠了，還他媽的牽扯地痛，膏藥都不知貼哪裡。」叔嗆回去。

叔說的是「幻痛」。鎮邪、化煞沒有用，切斷的血肉又牽拖回來。「合聽不聽，合明不明，轆轤上下，浪死虛生」，我嘴裡唸，而靈光一閃，我清楚看見，許多人的命運交纏在一起！

富國島、漁翁島、大陳島，每個島都有哭泣聲，我媽我爸、彥青爸彥青奶奶，我叫他叔的人，還有叔的同鄉，上百萬跟著他們父子過來的人。改不掉鄉音，張開嘴就錯了，老芋仔是汙名，一堆少小離家的孩子，盡是夭壽弄錯的人。

「帶我們回去！」抽泣夾著哀嚎，耳朵裡此起彼落的哭聲。魂靈找不到歸所，在墓地裡同聲相應。

第九書　相應

南日島、東山島、一江山紛紛失守，退無可退，大陳曾是反攻的最後據點。

島孤人不孤，說的是大陳島、大擔島還是台灣島？

每天晨昏顛倒，到夜晚，滑入老人內心已經成為我的日常。時間軸上來來回回，老人心裡繞著的還是父親，怨父親？恨父親？盡全力在維護父親？恨不能把血肉還給父親？

父親過世，當時像是山崩。一九七五年春天，就在他眼前，一座大山崩塌下來。

那段守靈期間，他重讀父親日記，一遍遍重讀父親寫到他的部分。彷彿要找出證據，那是抹不掉的證據。他快速往前翻頁，多年前，父親筆鋒剛勁，每一行上下對齊。父親寫下：「日間看經兒去年日記，精神為之一振。」

他的日記原是寫給父親看的。做到了，父親筆下有嘉許的意思。

父親最後一本日記在他床頭櫃上。一日一日捧在手裡默念。父親心臟病發作那年，日記寫到「令侃」，父親嫌惡的意思很明顯，把繼母這位外甥說成是病源。多年來他的策略奏效，「夫人派」悉數出局，父親漸漸倒向自己這一邊。

父親日記停在一九七二年夏天。七月二十一，日記上寫：「與經兒車遊山下一匝。」那天，父親精神不錯，他陪著父親遊車河，「途經市區，父子閒談最樂。」再一天，父親發病。接下去，父親狀況愈來愈差，病了將近三年，蠟燭熄滅了。

日記本抱在胸口，其中證據歷歷。到最後，他贏得全部的父親。

父親大去後，他感覺一片茫惑。父親在世時，對於他，許多事，有具體方向，就是為父親鞏固政權！早些年，交朋友也為這一層盤算。伏特加一杯又一杯，中情局台北站負責人克萊恩是兄弟，兄弟倆摟著肩膀碰杯。酒後吐真言，美國人只在意美國利益。亞洲領導人一一被點名，每個都是son of a bitch，話語非常直接，狗娘養的，關鍵在於是不是“our” son of a bitch，「我們的」狗娘養的才是重點。韓國李承晚、越南吳廷琰，一位一位領導人，見證不聽話的下場。中情局只要插手，各個潛伏的分支機構，包括成立的民間公司，足以搖撼政局。他悄聲提醒父親，這件事不能輕忽。

與克萊恩在一起，經常喝到茫，那些年間，他自己是靠酒精當麻醉劑，麻痺心中的煩亂與疲累。「西方公司」設在馬祖的時日，有一晚，他帶著酒意跳下小艇。階梯緊靠西莒島峭壁，他搖搖晃晃就踩上巉岩，巉岩高處的樓房似真似幻，那建築叫作「山海一家」，裡面坐著美國中情局官員。樓房牆面有一副對聯，上聯寫「天水無邊孤月在」，而他想像自己是那一撇孤月；下半聯，「魚龍躍起大風生」，他站定腳步想，自己沒有風生水起的氣魄，他只是替身，他是父親意志的延伸！

儘管他盡力疏通意見，幫父親化解來自美方的壓力，但他不一定說得動父親。父親有原則，如何看待大陳島是最清楚的例子。客觀情勢上，那片列島與台灣距離過遠，不可能長期防守，但父親堅持寸土不可失。父親想死守，美方要撤退，若不是他夾在中間，歧異的立場立即演變成一場外交戰。問題是，無論做了多少事，他仍然覺得自己做得不夠好。

這些年過去，他經常自問自答，每問一次就益發心虛。負欠了父親，他沒辦法動搖美國人。攬著克萊恩灌酒沒有用，無力扭轉美方看法，就無法遂行父親的意志。等到大陳撤退，跳島作戰失去據點，「反攻」從此成為泡影。不只對不起父親，他對不起許多人。許久以來，他做的事像在贖罪，有時候，他期待這人生早點結束，不必說更多謊言，不必抱著自己的罪咎過日子……

他總幻想著卸下重擔，人生有太多枷鎖，做他父親的兒子是難以承受的負擔。他記起多年前訪問美國的那一趟。飛機落地，步出機艙，那是他難得輕鬆的時刻。

與台灣的潮溼天候不同，料峭的寒氣讓他振奮。戴禮帽，外加一件薄呢大衣，他極少穿得這麼正式。座車從安德魯空軍機場駛入市區，圍繞著憲法大道的是櫻花林，視線中一片粉紅色花海。下車那瞬間，一時錯覺，他彷彿回到自己年輕時，鼻子裡是西伯利亞的初春氣息。望著高聳的華盛頓紀念碑，他聯想到克里姆林宮的尖塔，一顆一顆七彩糖葫蘆。深吸一口氣，肺裡甜絲絲的北國空氣，他憶起在莫斯科時自己多麼叛逆，曾經寫信與父親斬斷關係。當年竟有勇氣做逆子，灰糊糊的麥田冒出新綠，他在原野上跑起來，腳步曾經多麼輕快。

時間軸上穿梭嗎？

我在床上翻過身，閉起眼睛，我回到老人的壯年時期。剛到台灣那些年，他最常做的就是編個理由，一個人來來去去。他總有辦法擺脫掉尾隨的侍從。

下一個夢境，我喘著氣驚醒過來。夢境十分離奇，而夢中有夢，像是跟著老人一起做夢。老人生前，他夢裡竟出現了許多年後的事。他親眼看見，父親的銅像在廣場陸續倒下，他父親被視為獨裁者？劊子手？他聽見有人在哭，哀泣聲出自被槍斃被制裁的冤魂，還有無辜卻在獄中度過青春的受刑人。他想著父親手上有血，他自己手上也沾了血……

老人耳朵裡又聽見嘶喊：「帶我們回去！」有人在大聲責問：「說好的，『一年準備，兩年反攻，三年掃蕩，五年成功』，哪裡去了？」他自己知道，到期日是個屁，注定又跳票，五年一過，從頭開始另一個五年。至於那張「戰士授田證」，頒發時已經確定是騙局！「被騙了啊，你們父子幹的好事。」一代又一代，幾代人活在騙局裡，支票怎麼兌現？怎麼算利息？那是繼續在翻倍的欠債。債務疊在一起，變作他心結，變作他腸腔內的膿芽，而膿芽膨脹為滲血的毒瘤。

夜晚忍著痛，老人蜷曲在沾上尿漬的床單裡。安眠藥失效，止痛藥也沒用。想著平躺進棺木裡的父親，他下意識地伸長自己脖頸。父親一身長袍馬褂，配上勳章，浸泡在福馬林藥劑中。透過水晶棺蓋折射，頭顱特別顯著，直視時產生放大效果，為了讓人們瞻仰遺容，為了民眾可以「永懷領袖」。

潮溼的雨季，浸泡久了，藥水中的父親會不會出現屍斑？內臟掏空，棺材裡的體軀經過「防腐處理」，老人想著這些年，為父親，自己一直在做的正是「防腐處理」！

這一瞬，老人知覺到身下的尿布又溼透了。想要伸手，按一下呼叫的鈴，即使到這個地步，他仍然不習慣仰賴別人。讓他懊惱的是，失禁漸漸成為常事，醒來時總發現自己躺在屎尿堆裡。眼睜睜等到清晨，侍從們出力，抬起他，一個口令一個動作，換一條潔白的床單。想到由著別人翻轉身體，他滿心煩厭。多希望靠著意志力，如同前兩年，還能夠打起精神，移動腳步，從床邊走向便斗。

那時候，站在便斗前，手肘抵住牆，過一陣，就會出現滴水的聲音。一滴、兩滴，半天又掉下來一滴。尿收住，拉起褲子，再移動腳步。身體狀況穩定的時日，走回床邊並不是問題，但這一兩年，大小便的毛病愈來愈形成困擾。他記得有一次，中常會開到一半，低下頭，來不及了，西裝褲尿溼一片，像是山勢陡峭的水墨畫！

此刻他癱在床上，空氣中混著屎尿的氣味，不必看就知道，床單上又添加一塊淺黃的汙漬。他望望几上的藥罐，想著父親會怎麼說？單就服用安眠藥這事，當年，父親狠狠罵過他，「規律就寢做不到？」父親是軍人本色，若看到自己這副邋遢樣子，肯定又是一頓罵。他想起小時候，父親舉高戒尺，他在父親面前抖索著認錯。這瞬間，摸到床頭那瓶安眠藥，他嘆口氣，決定把整瓶丟進垃圾桶。

你說，他會下去地獄？

不會，地獄不收像他這麼無私的人。

*

這天，問事的客人多，結束得晚，彥青靠在床上等我。

自從南部回來，彥青常是心事重重。攬一下他肩膀，我柔聲解釋：「最後一位，拖延了時間。」

「跟人家講些什麼？」彥青問。

「是位作家。滿肚子疑難問題。」我隨口回，笑笑又說：「作家不稀奇。信不信？命理大師也來問事。」

「本身會算，還花錢？」彥青搖搖頭。

「準不準，需要驗證一下。」我說，網內互打，同行互相切磋，常有的事。我又告訴彥青，大師的問題跟普通人差不多，問的也是「水逆」，為什麼老是回到原點，大師覺得像在鬼打牆。

「這位大師聊起，多年前有一次，來的人開口問國運。」賣個關子，我想要吊一吊彥青的好奇心，「大師說，那人手軟綿綿的，指尖沁骨寒涼；抬頭看，腦門上一團罡氣。大師說，他自己當下吃一驚，雙膝癱軟，幾乎跪倒在地。來的是『太子』！」

「『太子』？」我話沒有說完，那分秒，頭開始劇痛。耳朵裡是三清鈴的聲音，和著串鈴，有人在低吟：「草埔路頂草青青，草埔路頂草發芽，草埔路上也好走，草埔路上也好行……」過去的沒有真正過去，這是法事之前的安魂曲。

鈴聲是一種召喚，而時間正在逆行？面前是彥青，我心緒卻串接到老人的回憶裡。關鍵時刻，隨扈都退下了，他孤身陪伴著父親。「太原大雪，戰事沉寂」，桌上放著傳來的戰報。那個冬天，省城接連棄守。每一日，都是比前一日更糟的狀況。父親低頭看電訊，「鈞座知悉」，知悉的一定又是壞消息。時局緊張，剩他一個人，戍守在父親旁邊。

接下去一路奔逃。父親座機降落停機坪，艙門剛打開，就有人上來通報，誰誰誰叛變了。退到廣州，傳的又是陣前倒戈的消息，他記得父親臉上的嚴峻表情，下一個是誰？出賣自己的是哪位愛將？大勢去了，在贛南、在上海，撤退的時刻，他總比父親晚走一步。手扶著牆壁，一個一個房間關上燈，他總是留到最後。

他習慣留到最後，在台灣，每個人都知道，「太子」辦公室是深夜亮著燈的那一間。他在桌前翻閱輿情。一遍又一遍，唸那值得玩味的稱謂：「兩蔣父子」，即使攻訐謾罵，也習慣把他們父子綁在一起。他心中隱隱然有些得意。稱謂成為共識，他與父親拴在一個繩結上，分不開了。

他漸漸確定，一次比一次更為確定，父親離不開他，父親愈來愈在乎他的安危。

那一回，他在七星山上迷路。父親聽說，召來特勤去找他。幾個鐘頭後，父親下令，出動身邊的警衛營組成搜索隊伍。「整個山區幾乎翻遍，老先生知道您安全才睡下。」聽隨扈這樣說，他臉上的肌肉微微顫動，那是他很少露出的滿意表情。

經過七星山那一回，父親命令底下人跟住他。整整一個中隊，負責他一個人的安全。從此，常有人靠過來悄聲說：「老先生要我提醒您，以國家為重。」

再幾年，在紐約遇刺是重大事件。還沒從美國回來，父親已為他布建完成，有了專司保護「太子」的正式編制。父親找到這塊地，原本是美軍第七艦隊司令的招待所，父親為他裝修住處。院子一潭水，地底下有湧泉，晚風順著水面拂過來，符合風水的走向。那時候他心裡竊喜，父親在意自己。繼承人位子穩住了。

接下去，父親讓他在各個職位上歷練。繼承人的態勢日益明顯，然而，他敏感地知覺到，父親望著他，眼光裡仍然帶有某種打量，打量他究竟值不值得，值得這份恩庇、值得被悉心培養。他絲毫不敢鬆懈，見到繼母，恭敬地叫聲「媽咪」。他記得要為繼母慶祝生辰，聖誕節為繼母準備貼心的禮物，他提醒自己，家中不會出現任何姆媽照片。因為這樣？姆媽在記憶中變得模糊。

他必須取捨，要博取父親信任，他必須在繼母面前極度恭順，像個貼心的兒子；但另一方面，姆媽樣子記不清了，姆媽身影愈來愈遙遠，難道他在淡忘？他已經忘記姆媽此生受的折磨？而思來想去，究竟該怎麼做，怎麼做才對得起自己，才不算背叛了姆媽，他內心滿是不可解的矛盾。

許多無眠的夜，他睜大眼睛等著天亮。父親過世後，再一轉眼，他老得更加快速。

他在床上試著移動手臂，有什麼掐住氣管，在暗夜裡緊緊抓著他不放。喉嚨裡憋一口氣，吐不出來，他始終憋著，沒膽量對父親說，沒說出最該說的話。他早應該告訴父親，從頭到尾，反攻是一場大夢！五〇年代初出現過一線機會，短暫的時間點，當年韓戰打得激烈，美國軍方有過另類想法，由台海開闢另一處戰線。看在父親眼中，由補給大陳，展開跳島作戰，正是打回去的希望。機會瞬息即逝，中情局很快退場，「西方公司」隨即解散。那段期間，他父親一廂情願，想的是最後一搏！接著一江山激戰，七百多名官兵無援犧牲，他父親竟然寄望慘烈的犧牲有代價，美方會被拉入戰局，國軍與美軍並肩打登陸戰，就可能反攻回去。只可惜，美國剛從韓戰脫身，不願再落入圈套。美軍規畫，第七艦隊參與，以「金剛計畫」輸送大陳島軍民。從此，切斷台灣與大陸的最後牽連。

大陳撤退，裝備搬離，防禦工事悉數炸毀，人們說，短時間內全部清空，難度可比二戰時「敦克爾克行動」。那時刻，正是這位太子，由他全權代表父親，執行「金剛計畫」。長期站在交涉第一線，他自然明白計畫意味著什麼，意味著「反攻大陸」再也無望！然而他不能說，不能告訴任何人。

耳朵裡一串串水聲鈴聲，和著的是忽遠忽近的哀嘆。可嘆他始終不能說，反攻是串謊言，回歸故土是空話，致使許多人在騙局裡過了一生。此刻雲騰致雨，露結為霜，我聽到聲音：「天擢擢，地擢擢，身穿素衣數萬兵；地靈靈，天靈靈，引魂童子獻紙錢……」序曲？前導？聽著招魂鈴聲，我剝下花瓣，鋪成三才，荷葉折了三個梗，按上、中、下，排成天、地、人。周圍多少冤親債主，我未竟的心願是替他們還魂……

緣遇流轉，量子糾纏，我須與間明白的事拉出交織的線條，而幽幽渺渺，魂兮歸來，其中纏繞了兩三代人的創傷。

第十書　創傷

睜開眼睛，彥青沒有離開，坐在我床邊。

「剛才，你在哪裡？」彥青問我。

「房間怎麼充滿濃濃的老人氣味？」彥青又問。

「飄過來的，打開窗子就散了。」我含糊回答。

這一秒，沒頭沒腦，彥青突然插嘴：「『金剛計畫』，跟你家命運有關係。」

我望著彥青，他愣愣地，似乎被拋進另一個時空，而我眼前也是詭譎的圖像，岸邊出現大批逃亡潮？人們剛上岸？滿地衣物，從溼透的箱子裡滾出來。

我順著彥青的話接下去：「你記得喲，大陳義胞撤離的計畫。」

「一九四九，奶奶帶我爸，跟國軍過來。我爸塗改了年齡。」彥青自顧自在講話。

接著，又換我，竟是我媽埋怨的口吻：「基隆港下船，『義胞』嘛，鑼鼓鞭炮歡迎。」講到這裡停一停，嘆口氣才接著說：「到村子才知道，受騙了。發一套鍋碗瓢盆，盆子用來接屋頂漏下的雨水，接滿，直接往屋外倒。」

金刀一斬滅元靈
金光一照化灰塵

彥青突然唸出兩句詩，嗓音虛弱，我打個手印，幫彥青補氣。靈力在兩人身上串流，我知道是自己在支撐彥青。這個時刻，眼睛對視，上一句跟下一句出現關連。「弟子魂魄，五臟玄冥」，我嘴裡唸；「靈寶天尊，安慰身形」，彥青結結巴巴跟著。

一句接一句，接下去，我嘴裡又是我媽說過的事：「下雨就淹水。到處是爛泥巴，踩了一腳稀屎。」「每天跑幾趟，去村子頭接水煮飯。」邊說邊嘆氣：「一江山，屍體漂在海上，大陳人嚇破了膽。島上到處埋地雷，民房做了軍火庫，哪還能住下去。」「路上互相照應嘛，亂世，由著選擇？」我媽說，外婆回去溫嶺，她只好跟軍隊走。「遇上的人不對，不合適啊！」我知道，媽說的是爸。

再換彥青的聲音：「早起捲行李，奶奶說就是今天，回老家。以為兩個月就回去。很快打回去，在台灣只是暫住！」

輪到我接著說：「不知道台灣那麼熱。」「天太熱，沒辦法曬鹹魚，魚肚子長出白色的蛆。臘月不夠冷，厚衣服不上身，竹竿拉繩子晾著，明年回老家穿。」這是我家鄰居的口吻。

意識攪混著彥青的意識，下一瞬，腦袋中有畫面，看到的是我爸。我爸站在火盆前，手裡拿個裸女打火機，往盆裡丟金紙，一面嘟嘟囔囔唸：「說好的，帶我們回去！」「日本人厲害，抗戰不也打勝了。避一陣，大陳人還是要回大陳島。」

下一刻，憤懣的啐一聲，那是彥青他爸，另一個孤絕的靈魂。他爸吐口痰，罵兒子是娘炮，不像大男人，哪像我的種？

耳朵裡嗡嗡作響，罵聲換成抽泣，彥青他爸正冤屈地抽泣。過去是一坨屎，是一堆爛泥，沒有人耐心問過他，究竟經歷了什麼？他爸用力划槳，划出水道，前方有一條生路。彥青奶奶揣個包袱坐船上，他爸撥一撥，腿肚黏著螞蝗，回頭看，沼澤裡浸泡著屍體……

畫面再回到我自己。許多次我夜裡有夢，醒來我點香，對著神明祝禱，輸光身家算什麼，只要人還活著。

「過來，這個畜生！」又是彥青他爸。掄在手裡的木棍揮舞著，不成材，等著回老家，再娶個黃花閨女，不怕生不出像樣的兒子。抱住老母親的骨灰罈，他爸等到的是開放探親的日子。

我轉過臉對彥青形容：「去一趟老家，你爸知道，不是歸屬，哪裡都不是家。」下個瞬間，我記起彥青跟我說過的話，他說，學校禮堂是投票所，開票時停電，他爸藉手電筒一點微光，整疊票灌進票箱。

這分秒，我想講給彥青聽，他爸的腦袋像蟲蛀過的葉子，踩一腳就碎掉；裡面是空空的，癟下去沒有瓤的瓜。

人生渺渺走西東
自頭辛苦攏是空
送魂嘆是一孤舟
朝朝暮暮水上流

靈力漸漸失效，再撐不住彥青。握住彥青的手，我嘴裡唸「天地玄黃」，彥青勉強接一句「宇宙洪荒」。彥青眼中一片空茫，看起來非常疲累。

我揉著彥青的太陽穴，幫他紓壓。一面安慰他說，靈力在抽離，過程當然不好受。

「為什麼不能拔掉插頭，一下子斷電。再不，用螺絲刀撬開蓋子，電池摳出來，一秒就結束。」彥青說。

我摸搓彥青手臂，凸出幾顆小小的痣。我說，「沒事的，等下長長睡一覺，醒來就好多了。嗨，這裡七顆，你天生有北斗七星照顧。」

抬起手臂，彥青看了一眼。

「不需要被誰照顧。」彥青搖頭。

我拿出刮痧板，幫彥青疏通經脈，柔聲對他說：「將來，你會記不得前一陣，訊息密集出現的時候，像雨幕、像閃電，掛滿天空。」

望著彥青無助的臉，我低啞著聲音提醒：「即使你記起什麼，當作曾經有過的奇遇，這樣就好。別執著，別眷戀。」我笑著又說：「記得太多不是好事，想想，中世紀為什麼殺死女巫？」

彥青陷入昏睡之前，我得趁這時刻警告他：「日後，某個時間點，或許你心念一動，以為靈力來了，以為可以重溫舊夢。」那是我自己的經驗，「小心，很危險，天線一點點歪斜，可能接到不對的東西。」

彥青緊皺眉頭，滿臉痛苦的表情，他在聽嗎？

「有些東西，要躲開。」我繼續講，不確定彥青聽進去多少。我說的是自己，明知危險，仍然執意跟上去。

這一刻，耳朵裡悉悉索索，雜訊回來了，嗚咽的哭聲、紛亂的信息、綿密的私語，車輪轆轆地轉，我愈來愈清楚，身上的靈力正在急速下降。

握住彥青的手，手上一串涼涼的水柱，彥青在落淚？搓揉著彥青的合谷穴，我輕聲說：「通靈的人寫過一本書，書名叫《這一生為何而來》。我們不明白，大概寫這本書的作者也想不明白，靈力為什麼來，為什麼又走了。」

彥青回說這書名不錯。接著，他嘴裡吐出一些字，聽不出意思。他緊緊咬住嘴唇，臉上表情愈來愈痛苦。

攬著彥青肩膀，我試圖安慰他，卻彷彿與他一起陷入流沙。眼前一片迷離光景。一堆手臂，扭攬著搖盪著，溺水了？舢舨上喘不過氣？人們被捲進巨大的浪湧。那群人包括我爸我媽？叔那一幫同鄉？還有彥青他爸、彥青老奶奶？回去？回去哪裡？他們回不去了……

這一瞬，我若有所悟，原本想不通的事，在頭腦中理出頭緒，明白了為什麼頻繁進入老人的暮年。在七海寓所，浮著霧氣的湖面，禁錮著一群人的集體意識，許多人被鎖進往日的斷絕之中。誤解？錯亂？沒有實現的諾言？不只一代，影響到第二代第三代，仍是在困惑中長大的孩子。「丟掉大陸，你知道不？」長輩理直氣壯說「丟掉」，「丟掉」大陸？好像是一件屬於自己的東西，不小心丟失了。

誰背叛了誰？誰又辜負了誰？耳朵裡究竟是什麼人的哭聲？眾人的冤屈，疊羅漢似地疊在一起。

掖好被角，我照顧彥青睡下。

我嘴裡唸：「師名醫王行佛令，來與眾生治心病。」唸了幾遍，彥青發出鼾聲。我再換一套咒語：「迷者醒，狂者定，垢者淨，邪者正。」幫助彥青在夢裡平復心神。

眼看彥青睡熟了，唸咒之外，我又加上手掐訣、腳步罡，一遍又一遍，我替自己補氣。剩下一點靈力，我乞求在平行時空中……目睹老人走到最後。

我深吸一口氣，一個人，總是一個人，老人躺在病床上回溯過去。記得那天酒會結束，他在夜半時分走進總統府，想著衰運從不放過自己。就在他就職總統這天，布里辛斯基同一日飛往北京，這位美國安全顧問向北京保證：「卡特總統下決心，與你們一起克服關係正常化的殘餘障礙。」什麼是「殘餘障礙」？這句話說得決絕，不顧及他的感受，更沒把台灣放在眼裡。

衛兵的皮靴聲傳來，那是換哨的固定節奏。像一隻困獸，他在總統府走廊踱步子。就職儀式之後，接著是慶祝酒會，酒會場面顯得冷清，道賀的使節都來自中美洲小國。他想著無論在哪個位置，考驗總緊跟著來，一天的輕鬆時間也不留給他。

一路走上樓，啪噠啪噠，他聽見鞋底在空曠樓層的回音。到頂樓了？他終於攀上權力巔峰，而在權力巔峰，他更感覺到這宿命的孤單。當年他望著父親坐在這裡，現在輪到他自己，或者這份孤單，更讓他們父子緊緊相連。

坐進辦公室裡，他脫下西裝外套。是不是四周太安靜了？他耳朵聽到：「譙樓上打罷了初更盡／脫去了素服又換新……」此刻早已夜半，過了所謂「初更」，這就職的特殊日子，毫無來由地，他竟然記起《一捧雪》戲裡的一折，還記起那女人，十指纖纖當年握在手裡，他曾自認是知音。另一齣《紅鬃烈馬》戲裡，微噘起來的嘴唇吐出兩個字：「團～圓」，手掌打拍子，他幾乎可以跟著哼。

什麼叫繞梁三日？那一段慢板，白天上班也在辦公室裡繞。心想著女人的兩道柳眉，他心酥搖晃，渾身上下繞著酒醉的暈浪感。

全本好戲尤其是《四郎探母》，可惜後來禁掉了。回家看老母親，思鄉的戲有危險。避免人心生變，要防範士氣出現破口。

哼著《昭君出塞》的詞：「文官濟濟全無用／武將森森也枉然」，會不會一樣影響士氣？確實想過也一起禁掉，那女人的拿手戲，唱起來神形兼美。好在戲詞自動改了，改成「文官濟濟全大用／武將森森俱英賢」，想著手抱琵琶那一段的身姿，走出戲院時他有些步履不穩。

存了異樣心思，是不是也因為他自律嚴謹，生活實在單調？

每天晚餐，例行地與妻對坐，默默進食。桌上幾樣寧波口味的小菜。

他們家沒有應酬，像他這樣的家庭，不適合有人際來往。偶爾一次，有人從北歐過來，帶來俄羅斯的魚子醬，一小匙一小匙，妻子珍惜地送一口到嘴裡。看到妻子愛吃，他把自己盤子裡的推過去。妻子出門的機會不多，「反共抗俄」的國策下，妻子到哪裡總帶著尷尬。「賢良方正」，那是父親寫給兒媳的字，刻鐫玉石上，放在客廳裡，看著像座貞節牌坊！

睡在床上，他裹住毯子，側眼望著妻。「賢良方正」，妻做得一百分；只是，當年那愛笑的少女哪裡去了？

他彷彿記得，多年前，做完那件事之後，他會走到臥室外面，坐在椅子上，抽一根菸，再回來躺在床上。

什麼時候開始，他一個人瞪著天花板，睡不著也習慣躺床上。

回想起來，必然太壓抑了，才會陷入失控狀態。

他壓抑，心裡有許多對誰都不能說的事，包得很嚴實，一層一層緊緊包裹著。

從小，他習慣藏著祕密，祕密不會跟任何人分享。

看戲時的心思也屬於他的祕密。坐在第一排，他沒在意吱吱響的座椅。座椅應該換新，上次還勾破他一條褲子。他目光盯住舞台，紅氍毹上，女伶眼梢微微上挑，兩抹紅豔豔的胭脂，眉毛動一動凝聚了萬種風情。他搖著膝蓋打拍子，一句「怕流水年華春去渺」，他像隻公狗一樣地動情。能不能傾吐相思？他警告自己不能，這是祕密；更何況，在意一個人會讓自己脆弱，他不允許自己顯出脆弱。

坐在暗影中聽戲，成為他鬱悶生活中的唯一出口。他四處看，高處一扇天窗，這一刻他確實想飛出去，逃開身邊那些眼睛，飛出被人監看的無形籠子。即使飛不了那麼高，至少，由著自己飛一次看看，然而，他不能夠任性，他對父親有責任。想到父親，羽毛散落一地，翅膀碎裂了，他飛不起來！身為父親的兒子，肩上是曳不掉的重擔。

然而，他還是任性了一次。他在強求，那是強行進入另一個心靈的執拗。為什麼有這種執拗，因為他內心亟需要填補？他思念姆媽，當年睡在臥鋪上，長長一列火車駛向莫斯科，他像被踢出家窩的一隻幼犬。頭埋在臥鋪枕頭裡，火車隆隆地經過鐵橋，床墊冰寒，他不讓自己哭出聲。

他渴盼著多一點暖意，其實愈多愈好，那是人與人直接碰觸的溫度。多年來，他喜歡在人群中抱起孩子，他渴望看見民眾眼睛裡宣洩的感情。他緊貼住孩子的臉頰，孩子父母慶幸這份殊榮，列隊歡迎的人們大力鼓掌。如果這時候給他一根吸管，他會用力吸，把四周的感情都吸吮乾淨。

坐在戲台底下，也因為他心裡有說不出的苦悶。那是抑鬱的年頭，美國人話愈講愈直白，沒有灰色地帶，一條線畫清楚，絕不准踩過畫下的紅線。美國人面前受折辱、父親面前被叱罵，裡外不是人的尷尬裡，他格外需要一點點肯定，一點點溫存，就算是給他鼓勵也好，而那女伶，為什麼不能夠理解，為什麼不遂了自己的意？

後來，倒不是存心要折磨誰，他只是要讓女伶知道後果。

當時，手裡搖著一封密告信函，他對會議室裡的人說：「大陳撤退，匪軍頻頻攻擊金門，國難當頭，前財政廳長卻在鬧桃色糾紛。」指指另一張十行紙，判決書也已經寫好：「歷任政府要職竟不明事理，明知匪諜而不告密檢舉……」

知情不報？疑似通匪？都是輕易加上的罪名。他知道，沒有人真敢背叛，每個人都戰戰兢兢，領袖主義國家，軍民在反共旗幟下矢志效忠；但顯然還不夠，他要求的忠誠，像鑿開一顆椰子，或者撬開一罐飲料，他要把別人心底每樁祕密都啜飲乾淨。

自我隨大王
東征西戰
受風霜與勞碌
年復年年

望著沿窗緣落下的水滴，耳朵裡聽到了那一段西皮搖板。絲絲縷縷，他跟著京胡的調子在嘴裡哼。往窗外看，近處是溼漉漉的馬路，再抬眼，看得見迷濛的遠山。他意識到聽戲是太久以前的事，而眼前下著冬雨，這裡是榮總病房。

翻個身，他迷迷糊糊聽見一句話：「夫人下午來過。」昏睡的時間太長，夫妻倆總是錯過。他多麼想看看妻子，握一下妻的手也好。

可憐他沒力氣坐上輪椅。沒辦法搭電梯去樓下。小腿毫無知覺，平攤在病床上不能動彈。他想著前一回，狀況沒那麼差，還可以推著輪椅探視妻子。那天妻子注射了針劑，睡得很熟。門打開一條縫，他在門口坐一陣才退出來。他是擔心隨扈跟前跟後，打擾到病人與醫護。那是多久以前？幾天？幾星期？還是幾年前？

他一陣怔忡，記不清楚了，推自己輪椅去看望妻子是多久以前的事。他認命地想，沒見到就算了。即使兩個人都醒著，淚眼相望，也不能夠說些什麼。

外面傳來風吹樹葉的聲音，他知覺到身體裡有什麼正在崩塌，沙漏往下傾瀉，滑落的沙粒將他的血管堵塞起來。

他記起多年前過來探病。同樣是在這家醫院，站在大兒子病床前，走廊沒有人，榮總的深夜總是特別淒清。一聲一聲，他在口中喚著「愛倫」、「愛倫」，用手掌摩搓兒子失去知覺的下肢。不怪兒子，血糖問題是家族遺傳，他本身就是從腳趾開始，上去到腳踝，膝蓋以下漸次失去感覺。

愛倫是長子，緊接著生下女兒。女兒最黏人，小手握在他大手之中，他任由女兒往懷裡滾。他記起自己當時多麼年輕，臂膀上鼓鼓的肌肉，一手攬著妻子，肩上坐著女兒，女兒抱住他脖子，有時還會拉扯他耳朵。那是他的青壯時期。然後呢？什麼時候開始，妻子步伐遲緩起來，體型愈來愈臃腫，小腿爬著灰色的靜脈瘤。不平常的是一雙大腳，必須穿訂做的鞋子，多餘的肉像發麵饅頭，從鞋子裡膨脹出來。

*

窗外在起霧，雨滴順著窗玻璃滑行。一盞一盞燈，隔著迢遙的距離，像是海面傳來的光暈。

他遙遙地回想當年，一次又一次，搭乘登陸艇，接駁上去大陳島。他站在礁石旁，身邊有些軍民，他指著遠處的溫嶺，意氣風發地做出承諾：「很快，回來打登陸戰。」

回來？登陸戰？說話不算數，沒可能實現的承諾。

終局近了，承諾落空了。枕頭溼一塊，那是沿面頰流下的眼淚。自己是輕諾又失信的人，難怪父親無法以他為榮。從他小時候開始，他多希望可以榮耀父親。看在他眼裡，父親總像是戰神一般英挺，他尤其羨慕父親握拳的手勢，充滿力道！站在穿衣鏡前，他彎起尾指跟自己打勾勾，要長高要站直，每天踮腳尖，希望像父親一樣挺立。然而，怎麼樣才能夠延展脊椎？跟父親比較，他生來沒有昂揚的體態。

一項一項比較，哪個部分像父親？加加減減，這部分相像那部分不相像，他給自己打成績。從小，就屬於他失眠時的祕密心思。

童年時候，站在父親身邊照相，他臉上帶著陰鬱的表情。父親身影像大巨人，面對父親，總是童稚的聲音，總是做錯事的口吻。他心虛，因為那一堆說不出口的祕密嗎？

祕密藏在心裡。許多時候，他寧願父親不要回到溪口。他不敢看父親掛在腰上的軍刀，他不知怎麼面對抓著姆媽痛打的男人。父親是深淵，父親是深淵裡的黑影，有幾次，他想像自己與父親格鬥，搏擊到最後，他悄悄笑了，竟是自己取得勝利！祕密不會說出口，他喜歡保有祕密，而這份特質貫徹他一生。政治生涯中，因為守著祕密，他習慣與別人拉出距離，而距離是一條護城河，足以保障他的安全！收集到一些資料，他不動聲色，遇到特殊時機，再語氣平常地說出來；

會議中間，他隨口拋出風災後的菜價，部會首長嚇得面色慘白。他的人事令總像風暴一般突然，他習慣讓人出乎意料。「天威難測啊。」底下人這樣說。他在機關裡安排眼線，情報局、調查局、人二室、政戰系統，包括軍中的輔導長、學校裡的總教官，各單位互不隸屬，所謂層層節制，確保沒有人可以蒙騙上級。這套領導統御，他處理得非常細膩。

他是受擁戴的人，也是被恐懼的人。他可以輕易讀出別人眼中的陰影，然而在心底，他還是最佩服父親的直來直往。父親不撒謊，父親不耍心機，父親親手批的公文清楚明白：「處以極刑可也」、「應即槍決可也」、「判處死刑可也」，父親用硃筆批下這些字，由父親改判死刑的就有八百七十六條人命。

父親的態度很磊落，至於他，必須讓人死，不會留下任何文字紀錄。

他深知文字的功能，關鍵尤在於後世人會看到。他恨不得找出所有的舊檔案，在文字上動動手腳，為父親歷史定位做篩檢工夫。可惜檔案繁多，他多麼希望把四大家族拆開來，三家人可以惡名昭彰，而孔家宋家，更是丟掉大陸的禍首，目的是讓後世人知道，蔣宋孔陳之中，蔣家人相對無辜。

這些年，他默默做事，能說的事、不能說的事，在父親面前他用足心思，難纏的尤其是繼母，處處扯他後腿，挾洋自重的氣焰更令人難受。他常聽到這類報告，繼母派她外甥在華道夫飯店設宴，由僕役拉開椅子的一瞬間，閃亮的銀器、高低大小的各式酒杯，以及點菜的繁瑣排場，足以震懾從島國出來的人，這是繼母的慣用戲碼。

繼母心意很明確，想把行政院長的位子交給外甥。外甥女當繼母的帳房以及耳目，而這是一場長期競爭，勝負要看誰擺的棋子更有效果，誰獲得的消息更有價值。父親晚年，掛在嘴邊的是：「問問經國」、「我要知道經國怎麼看」。父親曾冷著臉，教訓孔家兄妹：「親不間疏！」愈到後來，結果愈明顯，應該說，是他取得了完勝！

他自我寬慰：畢竟，沒有人能夠毫無內疚地進行統治。

以平衡各方勢力來看，他算是天生好手。

然而，他仍然隱隱與父親做比較，父親是表率是標竿，父親是他一生的參考座標。

看起來，他學得很像，與父親一模樣，遇到節慶，站在陽台上向群眾揮手，發表振奮人心的文告，但他自己知道，父親聲音發自內心，即使誓言還都南京，都帶著真誠的氣場。他比不上，怎麼都學不像父親，唸那種充滿空話的文告，他顯得虛弱無力。此刻，躺在榮總病房裡，望著腳趾的大片青黑，小腿一塊塊斑點，還有床頭櫃的各種藥罐，他想著自己絕對比不上，父親不會喪志不會悲觀，父親不會讓體力渙散成這樣。這兩年他臥床時間多，即使強撐著精神見客，沒開口就已經疲累。面對民眾，那是他最掛懷的平民百姓，他力不從心，連揮手的動作都覺得累。好不容易回到寓所，癱在床上，像是剛打完一場仗。

輸了，還是輸了，他在病榻上想著，尤其輸在體力，遠遠不及父親。父親早起早睡，一整日精神抖擻，還有餘暇監看他這個兒子的日記。比起來，他是失職的父親，白天在外面忙，回到家已經力竭，不知道孩子們身上發生什麼。

生命快結束的時日，他想通了，顧不上孩子們，他是跟家庭無緣的人。這時候，白茫茫光線中出現一個黑點。父親派人來找他？不，父親已經忘記了他。東西吃光，沒有燃煤，木頭也快燒完，屋子裡沒有一絲暖和氣。絕境裡，一陣風雪把大門推開，妻子帶著整籃食物回來了。

他多麼希望，這無助的時刻，被單外伸進來一隻手，握住自己的手。

用盡力氣叫一聲：「芬娜！」回到年輕時日，愛笑的少女朝著他走進來⋯⋯

天清清　地靈靈

哪吒七歲點分明

不收別人魂　不收別人魄

收你弟子魂魄回

*

祂就要走了，我知道那個斷點，與靈力之間有個「熔斷」機制。

「識神退散，元神復位」，我唸各種想得起來的口訣，藉口訣勉強延續靈力。只剩一絲絲靈力，我繼續與老人同步。剩下的時間不多，老人耳膜中嗡嗡聲不斷，像是千萬隻蟲蟻搧著翅膀，蟲蟻用口器咬齧，蠶食老人的臟腑。

我眼前是老人最後一次公開活動。鎮靜劑注射下去，疼痛減輕，換來一小段的安定時間。輪椅抬上車，駛向中山堂。老人在車上盹了一會。接著，老人被推向台前。坐在輪椅上，老人撐開眼皮，瞪著幕僚準備的講稿，紙上一片灰濛，斗大的字幾乎看不見。好不容易唸出第一行：「各位代表先生……」他聽見有人呼口號，由台下的座椅傳上來。

「全面改選！」「全面改選！」連續十幾聲，聲聲出自丹田，沉著又宏亮。肅靜的會場內，每個字都異常清晰。

老人抬起頭，想要找到聲音的來源。

我在時空中飄浮，這座曾經叫作「台北公會堂」的建物內，此刻望得見全景。電視台攝影機黑壓壓排成半圓，正等待台上的老人做出反應。鏡頭對準老人，準備獵殺這無處可逃的獵物。老人額頭滲出了滾圓的汗珠。

我雙腳懸在半空，好像在沙盤上扶鸞，神諭一般的字接連掛下來。一九八七年十二月二十五日，行憲紀念日活動，距老人的死期還有兩個多星期。

下個瞬間，輪椅回到布幔後面，老人被推出會場。接著，車隊一路疾駛，沿人工湖駛入車道。老人躺在床上，鬆了口氣，冗長的一天結束了。

最後一絲靈力，我集中精神凝注老人，而老人全心想的卻是父親，他想著若還有機會被移上輪椅，他盼望去到父親靈前，訴說最後的孺慕之情。

老人頭腦依舊清晰，只是醒著的時間愈來愈短。他在清醒時分做出指示，關於行憲紀念日拉白布條抗議那件事，他不會追究。鎮壓？緝捕？他可以下重手。儘管已經宣布解嚴，「動員戡亂時期臨時條款」繼續存在，他此刻的決定卻是一切從寬。一年多前，黨外人士集結在圓山飯店，一舉突破黨禁。當時，台灣社會等著大規模的壓制行動。人們意外的是，並沒有。病倒前一段時間，他更毅然把自己心意變成決策，放寬老兵回大陸探親的規定。

基於民意壓力？對未來潮流的認知？或許，在身後保護家人也是關鍵考量。他在最後時日益發寬容，所有決策傾向寬容處理。

「蔣家人不會接班」，老人說得明白。其中有他自己深切的感悟。這一生經過太多風浪，而未來莫測，被呵護的孩子們沒嚐過被人鬥爭是什麼滋味。近些年，他一直覺得對不起自己家人，孩子們成長得很不容易，出生在這樣的家庭裡本是個詛咒。就像他自己，這麼多年，經常在噩夢中驚醒，一次又一次，父親寒著臉叱罵他做得不夠好；夢中他不停自省、不停自責，又周而復始地再次犯錯。

有時候清楚，有時候糊塗，薄霧在人工湖面上飄，老人聽見湖水輕輕拍岸的聲音。

跟現實的關連在解體，他喃喃地說不該，不該做出那一件事。當年，監獄裡扣住的信寫著「務採審頭之勢」，熟透了的戲，他當然知道《一捧雪》的〈審頭刺湯〉那幾句：「我心中只把那湯勤來恨／害得我一家人兩下離分。」把自己比作可恨的湯勤？為奪取美妾而陷害無辜好人？他想著，確實做錯了，此生犯下的錯多少有源由，這一件卻純粹是私欲。害人家不再唱戲、讓人家夫妻不能團圓，聽說，後來在海邊農場開墾，細嫩嫩的手也應該磨出老繭，那是自己造成的後果。

最後一片意識，父親戎裝身影前，他怯懦地低下頭。殘留的聽覺中，聽見的是父親的斥責聲，而他在悶聲認錯。

自己一向痛恨有人利用權勢而公報私仇，不是嗎？

父親面前，他始終是讓人失望的兒子。他應該及早悔悟，早應該剔骨割肉，捧回給父親。

天摧摧　地摧摧

金童玉女扶同歸

喚風雷　制鬼神

萬災消滅天清明

一切都會過去。

彌留時光，奇蹟似的停止了痛。注射了超量的藥劑？或是臨死前的回光返照？喘著氣睜開眼睛，剛剛是一個奇怪的夢。他夢見姆媽在溪口膳房，姆媽幽幽地說：「你阿爹是重要的人。」「你阿爹肩上有一家人，整個家族的人。」

景象快轉。他人生各個階段，正在隨機閃現。他見到兩個孩子左邊右邊，攀在他手臂上。他放下孩子，在雪堆裡翻找不見的手套。

他記得妻子多麼喜歡笑。聽他彆扭的俄語發音，妻子從椅子滾到地下，笑得不能停歇。

生日那天，他穿紅毛衣、打紅領帶，餐盤裡多一塊蛋糕。這對他來講已經非常鋪張。外國使節呈遞國書的日子，他比平時講究些。襯衫，一套西裝，這是他最隆重的迎賓禮服。

他躺在床上，同時飄浮在半空，從天花板上俯看自己。恍惚中，他又回到盛年光景。一連串尖叫聲，被人指認出來：「太子，是太子真身！」戴一頂鴨舌帽，身上是褪色的舊夾克，握著農民的手、握著老婆婆的手，有人大老遠帶土雞給他，季節裡送上多汁的蓮霧。他跟人說過，與民眾在一起，才是最愉快的時刻，那是他的真心話！在人群裡握手，拍拍攤販肩膀，隨手抱起嬰兒，他咧開嘴真心地笑，真心嗎？或許還不是、不完全是，卻已經接近了。年輕時，望著芬娜甜甜的笑靨，其中有他的真心；結了婚，他努力擔當一家之主，他會做木工，找到幾塊破木板就給孩子雕玩具，蹲跪在地下給孩子當馬騎。然而，無論他怎麼努力，生在他們家是個詛咒。由於這權勢之家的成長環境，兒子們不能夠正常就學就業。

心口劇烈在痛，喉嚨裡發出嗚嗚聲，他不甘地想著，人生的最後時日，保全兒子竟這樣困難！時間不多，終點愈來愈近，剩下一線清明，兒子必須出亡。他深知人們會怎麼說，天譴啊，兒子愈走愈遠。他可以預料有多少難聽的話。

做不成好孩子的壞兒子？做不成壞孩子的好兒子？「父親母親膝下」，他記起自己多麼可鄙，一個一個虛偽的字。

一陣心悸，他睜開眼，座車由中山堂駛向七海寓所。那是最後一次，人們在公開場合見到他。

座車慢慢加速，經過列隊歡呼的民眾。人們印象裡，老人的手似乎正勉強舉起，吃力地揮動。有人在事後回憶，黑頭車滑動時，看見了手臂從車窗伸出來；另有人反駁，車窗應該已經搖上去，車窗是防彈的墨色玻璃，怎可能在窗外懸吊著一隻手臂？

政治是多麼殘酷無情，好久沒有見到我愛好的平民了。

一生以應酬為苦為煩，不知何日才能脫離政治生活。

車窗阻絕人們好奇的眼光，下一次，人們隔著玻璃注視他，那是瞻仰遺容的時刻。追念哀思中眾說紛紜，包括那天在中山堂，老人眼裡究竟見到什麼，是否見到台下拉起的白布條，說法也非常分歧。有人說，之前他就瞎了，浮腫的眼皮像死魚肚皮，闔起與睜開都一樣看不見；又有人堅稱，老人眼眶裝著汽水瓶裡的彈珠，假的，是假的，彈珠在瓶底旋轉，彷彿死神的餘光一瞥。

過去了，一切都會過去。剩一線微弱的意識，在彌留時光，老人耳朵裡迴轉著那句唱腔：「收餘恨／且自新／改性情……」他渺渺地想著，有一隻手溫柔地牽住，牽住自己過橋，如果那是女兒的手該多好！想到女兒趴在自己肩頭的模樣，他的心融化了。握住女兒的手，渾身不必用力氣，像躺在半融化的奶油裡。然而，說過的話無法回頭，與女兒是決裂的狀態。女兒那婚姻並不適切，那男人有過妻室，怎麼匹配他最親愛的女兒？

來不及了，來不及改換性情、改換人生……

魂招不來何所從

魂招不來歸故鄉

床單上沾滿鮮血，雙手呈現自然下垂的姿勢，老人孤伶伶地躺著，再沒有醒過來。

那是寂靜的夜，么兒趕來的時候，老人已經斷氣多時。

最後片刻，意識正一絲絲飄散。他恍惚聽見槍聲，走出飯店旋轉門那一秒，安全人員撲過來。生死一瞬間的事。如果，一切結束在許多年前呢？

曾是唯一的機會，早一點就卸下重擔。子彈飛低一點，再低一點，如果可以幫著瞄準，幫刺客扣下扳機。

床單上一攤攤血。稀微的意識裡，他想著這一生欠父親的，還清了嗎？

有人說，功不抵過，他功過在一半一半的狀態。

有人說他睿智，到晚年，愈來愈知道節制權力，而台灣的民主過程因此堪稱順利，沒有出現大規模血腥鎮壓。又有人說，那是他狡獪，預見到人權與民主是普世風向。

有人說，可惜他沒有明天，如果他有更多的明天，或許他有機會讀到，一九八八年一月十八日出刊的一本雜誌，綜論地寫著：「我們都不夠盡力，遂使他必須如此自苦地耗盡生命最後一點火光。」

稱他「自苦」，老人非常受用吧，老人或許認為寫這句話的人理解自己，比任何人更公允地看待自己。

想想看，為什麼台灣是供奉三太子最多的地方？

需要祭改的，難道是我們島嶼的宿命？

*

經歷過老人的最後時刻，疼痛齧咬著，我的靈力也到盡頭。

伸出三隻手指。師娘教過我阻絕因果的手印，那是一條藏在身上的保險絲，「超載」時可以立即斷電，屬於我們這種人的自保機制。比手印，暫停一切因果，千絲萬縷的連線碎裂開來。從此，與曾進入的這人永遠剝離。

我與老人永遠剝離，而斷開連繫的一瞬間，眼中見到的已經是現世景象：三號高速公路，下交流道，客運有個站牌，大巴士停在父子暫厝的地方。

慈湖陵寢與大溪陵寢，沿蜿蜒的河邊小徑相攜相連。野薑花的香氣中，刺刀、軍靴，禮兵操槍換崗。謁陵有嚴格規定，非申請不准入內，代表著歷史充滿爭議，這對父子的地位至今難以論斷。

寒來暑往春復秋
夕陽西下水常流
將軍戰馬今何在
野草蠻花滿地愁

一切都掉回到原點。

虛脫太久，我大量喝水，像是嚴重的宿醉，醒來後需要修復。我對陪在旁邊的彥青說，每次都很難預料，這一次能不能夠完全修復。

我說：「闖進去，亂入別人的人生。彥青你要理解，那可是別人辛苦活過一回的人生。」

彥青點點頭，似乎聽懂了。看彥青一眼，這陣子他顯然成熟不少。

「一覺醒來，曾經明白的，忘記了；近身的，走遠了。」我說。

「真的，再沒有那種震顫。」彥青語氣有一絲惋惜。

之前，我告訴過彥青靈力消退後的光景，而光景就在眼前。早些時，彥青已經失去靈力。

「也是一種解脫！」我說。

「你不是說，願望就是裹在混天綾裡，跟三太子手牽手一同飛。你一直想的。」彥青回嘴。

「大鬧天庭？你還記得？」我笑了。

我在跟誰說話？

祂有沒有與我同在？與我同行？

終篇

與彥青約在高鐵站見面。

「那麼，我們以後呢？」彥青問。

「記得的事都會漸漸模糊掉，沒什麼『以後』。」我打斷彥青。

「相忘於江湖？」彥青幫我說下去，語氣裡一派輕鬆。

我點點頭。

走進閘口前，彥青笑著對我說：「會去看望我爸，說不定，接他回來住。」摸摸後頸，又轉過頭來說：「痠痛沒好喲，等我，哪天去找你。」

高鐵到左營，搭渡輪到旗津，我在一家面海的旅社住下。

走走逛逛，如今我時間多，見到村子更多變化。離家這些年，供奉蔣公的地點變身為村民活動中心，嘩啦啦麻將聲，不是複雜的上海打法，胡牌有花有字，搓起來更有勁道。據說，寶可夢盛行的時候，「大房子」前那塊空地，曾是人擠人的抓寶場所。現在人潮少了，院子裡曬著菜乾，種上一些花，雅座兼賣現磨咖啡。一日遊的觀光客偶爾逛進來，偏殿裡的蔣公不是神，只是陪伴居民終老的家人。

三魂歸作一路轉
七魄歸作一路回
三師三童郎點燈引路
照引乩身速速回魂轉

回到台北是秋末。

黃昏，由公寓下樓，搭一趟捷運或公車，我常在擁擠的轉運站裡碰運氣。眼睛四處張望，盯著過路的人，誰的眼神恍惚？迎面一輛滿載的公車，上車嗎？寄望於某位乘客身上有靈力，靈力瞬間移位，恰好串接到我身上。只是機率極低，這種事，需要比發票中頭獎還稀罕的運氣。

我在巷弄中晃蕩。上個星期，在人行道伸出手臂，恰巧接住了一枚試圖輕生的靈魂。那人從停車塔頂樓躍下來，下一秒就要墜落觸地。

在街頭，遇到擦眼淚的孩子，還是會引起我心底一絲柔情。「找不到家人？」我牽起孩子，送回母親身邊。那瞬間記起彥青，想著他專心聽我說話的眼神，依稀感覺到彥青手裡的溫度。

再一個春季，我跟隨眾神明的鑾轎遶境。每個人是金色河流中的涓滴。

在我眼前，三太子神像從天而降，右手持火尖槍，左手轉著乾坤圈，空中做出高難度的特技動作。觀眾驚呼：「起駕啦！」機車上是電音三太子，吊鋼絲的是飛天三太子，還有走遍南北半球，康康舞鬥牛舞台客舞的奧運三太子。近些年在３Ｃ世界，三太子更變身電玩的超級英雄。斬妖除魔，神力無極限，三太子適合做我們台灣的「護國神山」。

「三太子起駕啦！」一片歡呼聲響起。

上天庭　叫天將
四大金剛降雲來

供桌上有炸雞薯條與可樂，疊著幾套任天堂遊戲機，都是取悅三太子的新品。投幣機丟下銅幣，叮叮咚掉下一組塑膠玩具。我記得小時候，鞠個躬，敬獻給太子爺，再恭恭敬敬領回手掌心，好吃的東西塞進嘴巴。

閉上眼，四百年的歷史流轉過，回想起島上蓊鬱豐盈的綠，河流裡滿是金沙的日子。拜過三太子，我順手占一卦，求到的是「鼎」卦。有拜有保庇，我們這個島勢必風調雨順，鐘鼎合鳴。

炁達先天
威光烜赫接祥煙

降鑒此心虔
展讀靈篇　擁護仗雷鞭

突然間，鞭炮聲大作，神轎前陣頭互尬到了最高潮。乩身口吐白沫，四肢抖顫起來，噴口酒，尖刀在身上猛力戳。我往前擠，一朵雲在空中飄動，心裡想著我急欲跟上的三太子。那一瞬，瞥到一個高瘦的背影，隔著人潮，那麼近又那麼遠，背影是八家將中一員？還是在廟前驟然起乩的彥青？

進三步退兩步，神轎搖晃過來。我匆忙跪下。一排一排信眾紛紛跪倒接駕。轎底凌越頭上那一秒，我五氣朝元，三花聚頂，來了嗎？究竟是誰在瞬間顯靈，我的三太子？還是乘願降下的另一個「祂」？

（全文完）

推薦文

小說家的通靈術：《夢魂之地》的歷史想像

邱貴芬　中興大學台灣文學與跨國文化研究所講座教授

從一九八三年以〈玉米田之死〉獲得《聯合報》短篇小說獎首獎以來，平路創作不斷，題材多元，對於文類的探索也不遺餘力，堪稱全才的作家。但是，我私以為平路創作最可觀而獨幟一格的依然是她虛實交錯，主題特殊的歷史書寫。也就是在這樣的創作脈絡下，我想談談平路近作《夢魂之地》中以「通靈」貫穿全局的意義。

歷史書寫在解嚴之後蔚為風潮，已成台灣文學傳統的一個重要的次傳統，不同世代的台灣作家紛紛以文學之筆介入台灣歷史記憶的召喚。作家如何把台灣的歷史人物或素材帶入創作之中，如何想像台灣歷史？寫什麼？該如何寫？這儼然已成為「台灣作家」的一個「試金石」。王德威與 Carlos Rojas 主編的 *Writing Taiwan: A New Literary History*（二〇〇七年），以及范銘如與吳家榮主編的 *Taiwan Literature in the 21st Century: A Critical Reader*（二〇二三年）都不約而同把「歷史記憶」列為台灣文學的一個重要區塊，足見歷史記憶在台灣文學創作領域的分量。

從一九九五年以宋慶齡為主角的《行道天涯》，到〈百齡箋〉的宋美齡、《婆娑之島》中荷蘭東印度公司的末代總督和美國國務院高官，以及《夢魂之地》裡的蔣經國，透過平路的歷史想像重新還魂的人物有個特點：他們往往不是在台灣歷史中隨波逐流，無奈掙扎的市井小民，而是左右中國與台灣歷史的政治高層人物。這些高官貴族在那些重要的台灣歷史舞台裡，如何呼風喚雨？而他們內心裡的百般翻騰與公共論述之間可能有哪樣的落差？歷史的間隙，成為平路歷史想像和著墨之處，也形成她獨特的歷史書寫特色。

《夢魂之地》以一個通靈女子為主要敘述觀點。她靈力漸失，試圖透過一個年輕男子重新通靈，借力使力，再度成為「三太子」眷顧的靈媒。在這過程當中，她恍惚進入了另一個亡靈「太子爺」的內心，看到蔣經國身為太子、人子的迷惘、憂鬱、折磨。這部小說當然不算歷史小說，但是歷史想像依然有其不可忽視的角色與分量。維基百科說明：通靈，英語為 Mediumship，乃是在亡靈與活人之間進行溝通的一種做法。具有這樣能力的人稱為靈媒或通靈者，英語為 medium 或 psychic medium。通靈穿梭於過去與現在、歷史亡靈與現代讀者之間，正是所有歷史想像的隱喻。創作是古今溝通的 medium，而小說家扮演的乃是靈媒的角色，必須具有豐沛的想像力（靈力）才能進入歷史的情境。

作為平路台灣三部曲的終結篇，《夢魂之地》納入台灣民俗信仰，別有意義。我未曾涉獵此塊民俗信仰，不知通靈與附身是否有別？亡靈萬千，散落各方，靈媒面對的障礙不僅是時空的轉換，更涉及性別、階級、乃至國族語言與文化的差異如何跨越的難題。亡靈的想法，乃至聲音，如何重現？這在在考驗靈媒／創作者的能力，也是以歷史為素材的寫作工夫所在。《夢魂之地》不僅涉入台灣民俗信仰，召喚三太子，也再度回到傳奇的蔣家人物，持續關注這一段重要但鮮有台灣作家觸及的台灣歷史，既承續了平路一向拿手的歷史虛實書寫，也注入新的元素，提出新課題。平路致力於文學創作的鑽研，一路走來始終如一，卻又一再推陳出新，此回跨越的角色階級甚大。《夢魂之地》以三太子起駕結尾，而台灣歷史書寫則又開啟了另一個篇章。

推薦文

歷史的降靈，島嶼的除魅

陳國偉　中興大學台灣文學與跨國文化研究所副教授

眾所周知，台灣數百年來經歷了東、西方帝國的殖民，各種外來政治力量的介入，以及他方國族／民族主義秩序的支配，以至於島嶼內部充斥著干擾國家意識形塑的多重驅力，因而在主體認同的建立上，遲至二十一世紀的當下，通過多次的政黨輪替之後，台灣人及其認同才凝聚出普遍且穩定的共識。也正因為如此，長期以來，台灣文學擔負了再現與重構歷史的重要任務，而如何發展出具代表性的書寫形式與美學，也成為台灣作家一直以來的艱鉅挑戰。

談到書寫歷史，平路當然是其中的佼佼者，而且從她出道以來，在她看似不同型態的小說創作嘗試中，其實都可以看到指向歷史不同層次的思索：無論是

〈玉米田之死〉對受困於黑名單的台美人精神荒原的挖掘，或是〈驚夢曲〉、〈台灣奇蹟〉指向未來時間座標的台灣命運想像，又或是屢屢引發爭議的真實政治女性生命顯影，如《行道天涯》、〈百齡箋〉，形成了民國史與台灣史的複雜辯證。對於歷史這個台灣文學長期以來的重要命題，平路可說是開發了各種層次的創作路徑，因此總是可以在台灣歷史最幽闃深入的閾境中，拓撲出前所未見的風景。

然而在這次的《夢魂之地》中，平路更大膽地選擇了國民政府在台灣的建立者蔣介石與蔣經國，作為探究的對象。蔣氏父子是台灣近代史重要的主導者，卻鮮少在文學領域成為主角，當然，戰後台灣因為國民黨政權的威權統治，因此蔣介石的身影可以說是無所不在，甚至為了彰顯其統治的暴力，而誕生了相應的都市傳說與恐怖小說。但即便如此，實質上涉及蔣經國的文學書寫，還是屬鳳毛麟角；雖然直至今日，不同光譜的政治人物，仍會在選舉中屢屢召喚他，企圖攫取最後的「中華民國」符號價值。

《夢魂之地》是平路「台灣三部曲」的最終章，然而相對於其他台灣作家的三部曲書寫，平路選擇的「刺點」著實耐人尋味。在此之前的《東方之東》與《婆娑之島》，平路透過鄭芝龍與鄭成功這對代表著台灣大航海時代的父子，交織出多種對台灣歷史的探問路徑，彼時的鄭氏父子，勇敢地航向未知的美麗之島福爾摩沙。然而歷史倥傯，將近三百年後的二十世紀一九四九年，同樣橫跨了台灣海峽，蔣氏父子卻是徹底的敗北者，他們弔詭地以班雅明（Walter Benjamin）的歷史天使之姿，在黑水溝的歷史暴風之中，退無可退地以「轉進」之名迫降台灣，但絲毫不願意正視他們所留下的時間廢墟。在已然走入新歷史主義／後現代歷史學多年的今日，反省與批判長期主宰歷史的男性觀點，早已是知識界的常態，也深刻影響著文學創作。但巧妙地選擇了被塑造成「偉人」的男性政治人物作為主角，卻描摹出無論在公眾視野或是當事人所意欲迴避的「敗北史」，甚至是當事人脆弱且自我卑賤化的父子情結，對原有英雄／偉人形象的徹底解構，平路的意圖與策略顯然是極其激進的。

然而更令人嘖嘖稱奇的，是平路顯影歷史人物的「介質」。從《行道天涯》一張孫文與宋慶齡的照片開始，到〈百齡箋〉中宋美齡奮力疾書的信件，再到《何日君再來》的醫學報告、新聞報導與情報員的調查，這些物質媒介對於歷史的重塑意義，也呼應了當代歷史學的重大轉折。然而在《夢魂之地》中，平路採取了前所未見、卻又在地非常的方式，那就是具有民俗信仰色彩的「降靈／附體」。經由這些具有神通體質的身體，他們不僅是傳遞神明信息的「媒」，更成為對公眾展示歷史的媒介。蔣經國老朽的肉身與靈魂，以及蔣家／黨國神話的終結，都在這個奇觀般的過程中，被歷史靈光的鏡像完整地折射出來。

當然，這樣的文學裝置與取徑（鏡），很容易讓我們聯想到德希達（Jacques Derrida）的「魂在論」（Hauntology）。只不過在平路的筆下，透過對蔣經國的「牽亡」，讓我們看見的，不僅是黨國神話兩代偉人的音容宛在／回光返照，更是父子之間的情感修羅場。的確，所謂的回到歷史現場，很多時候更像是一種信仰，因為當歷史的魅影復歸，牽動的往往不是理性的對應，而是情感驅動力所訴求的共感。也因此，延續著過往生動描摹宋慶齡、鄧麗君對於愛與親密感的失落及渴望，在《夢魂之地》中也大量著墨著蔣經國身為兒子、同時也是政治上的繼承人，對父親從年幼時便開始存在的複雜情感。既有兒子對父親意欲親近但難以達成的匱缺，又有「太子」對「君父」及其背後父親律法的忠誠與嚮往，以及時刻警惕切勿悖離與背叛的焦慮。

平路巧妙地並置了台灣人對於起乩降駕相當熟悉的哪吒三太子（爺），以及蔣經國在尚未承繼大統前的暱稱「太子爺」，而三太子「剔骨還父」的父子情結，也映照出蔣氏太子爺心中的情感枷鎖與難以迴避的命運。在平路的筆下，作為兒子的蔣經國，為了得到父親的認同，成為無可取代的繼承人，當他面對蔣介石認同的唯一妻子宋美齡，他必須背負著強烈的愧疚感，在記憶中將生母遺棄，成為一個與父親一樣寡情的主體，也因此影響了他對待自己妻子及婚外戀人的情感態度。

甚至，他也必須遺棄那超過百萬的追隨者，正如小說中的神通者是大陳島的後代，大陳人將蔣介石入廟奉祀，期盼太子（爺）帶領他們回中國，但終究還是被辜負。雖說也許正是如此，老朽的太子爺靈魂才降臨在她的身上，同時訴說出他與她輩互為主體的創傷。在她的視線中所看到的蔣經國生命的最終階段意識，其實正是映照出這整代跨海遷台移民與子孫們的集體意識，以及「回不去了」的命運鬱結，他們被信任的偉人「帶出來」，最後卻被遺棄在這塊島嶼，那集體的哭聲，是被辜負與背叛的心有不甘。然而，作為被寄望的太子爺，蔣經國又何嘗希望走上這個運途，他眼睜睜地看著反攻無望，卻仍必須支撐著父親遺留下來的妄想與騙局。雖然最終，他戰勝名義上的母親，奪回父親與權力，但仍對父親心存有愧；然而作為父親意志的延伸，他必須執行大陳島的撤退，也對被辜負的子民深感愧疚。偉人的神性，就在這創傷與愧疚的驅動力交織中，頹圮殆盡。

透過《夢魂之地》，平路訴說著左右這座島嶼命運的偉人（們），終將發現自己的存在其實本質是深淵，他（們）所擁有的一切，其實都只是幻影。父親的君權神話如海妖之歌，誘惑著繼位的太子要向偉人的典範靠近，但也終究逃脫不了墜入深淵的命運，他以為和父親一樣，能夠成為一個被景仰、被恐懼的人，但最終被恐懼與罪愆牢牢綑綁的，其實還是自己。

所以，平路的「台灣三部曲」來到最終的《夢魂之地》，獻上的是一本「祭改之書」，偉人神性的必然除魅，在此展露無疑。當今日的台灣在每一個抉擇自己前途的時刻，偉人的幽魂仍然被牽亡作為政治籌碼的兌換，顯然需要被祭改的不只是不願安息的政治冤魂，也包括我們這個命運多舛的島嶼。歷史的降靈與島嶼的除魅，仍是需要不斷進行的永續工程，平路的新作《夢魂之地》，正是在這個重要的歷史時刻，彰顯出它的時代性與前瞻性。

推薦文

孽子在冥河

楊佳嫻　學者、作家

猶記得平路以媽媽嘴命案為藍本的小說《黑水》出版時，發表會上，一名聽眾憤慨質問：「你為什麼要幫凶手講話？」言下之意，殺人者已失去「人」的資格，小說中呈現凶手作為（女）人的複雜面向，難免有「洗白」之意。

今天的雲不一定抄襲昨天的雲，現實卻終究要成為歷史，怎麼講好歷史故事（誰來判定講得好講得壞？）給現在的人聽，一向不容易。從不同角度看一個人、一個民族或國家的過去，往往基於當下的需求，不僅剖掘出更複雜的內涵，也暗示了此時或未來文化政治的走向。

平路多部小說皆本於現實人物與可考歷史，但是，她的書寫目的是為了改寫歷史嗎？為了替人物翻案嗎？她寫小說為了「講好台灣歷史故事」嗎？讀完《夢魂之地》，不僅與台灣政治歷史有關，也是悲憫無家可回者的小說，為與父親難以和諧、費一生苦苦描出自我輪廓來向父親喊話的子女眾寫，所有迷途、倖存的人，借一二人之身體耳口，狹路相逢。不為特定立場服務，只以小說家之眼望向幽冥，常民、大人物與神鬼之間，是創傷使他／祂波湧、匯流。就這個意義看，小說家竟扮演了與靈媒類近的角色。

小說裡有個詞，Daddy issues，戀父與仇父，仿父與叛父，一體多面。魯迅在〈我們現在怎樣做父親〉中，認為傳統只討論怎樣做兒子，父親永遠是對的，造成扭曲的倫理；他倡議以愛代替孝，父親為兒子扛起黑暗閘門，讓下一代擁有合理的幸福，親代做出犧牲，而非要求子代做出犧牲。這樣的思維也還是當前進步思想中討論親子關係的主軸。然而，遍布《夢魂之地》，死者與生者、大人物與小人物均未能倖免的 daddy issues，子代念茲在茲的卻還是「怎樣做兒子」，為了讓父親投來一瞥。

＊

《夢魂之地》中包含幾條線索：一是中年女性之「我」和青年男子彥青，前者以扶乩問事、推拿工夫維生，後者則因為靈力滿溢而被「我」盯上，本想借力，卻逐漸相濡相知，他們都是二戰後外省移民在台灣生養的後代；二是鄭成功和蔣經國的痛鬱之魂，他們難以掙脫父親的蔭庇和陰影，糾纏入臟腑盤結如癌；三是台灣「囡仔神」三太子信仰，同時又與蔣經國被暱稱為「太子」一事相連。通靈者「我」自認曾受三太子保護，靈力將涸之際，無意卻搭上了蔣經國那條線，常民突然上達，竟爾深入了小蔣的恐懼、抑鬱、缺憾、焦慮。

近代東亞追求現代性過程中，以要求新倫理為切入點，並不罕見。舊倫理愈強固，顛覆手段就愈極端。小蔣留學蘇聯時因此兩度以公開信斷絕父子關係，更控訴老蔣家暴行徑。而台灣小說素有「孽子」「逆女」的「傳統」，同名小說主要寫同性戀愛違反異性戀婚家倫理模式，「離家自立」而同時又「渴父（母）」，或拉扯，或尋找替代，成為子代心靈的最大矛盾。《夢魂之地》裡的兒子們與父親的裂痕，則可能來自信仰的歧異，可能來自社會禁制與時代變遷下的必然。老蔣敗退來台，陽剛氣概的巨型翻車，彥青的父親是戒嚴體制的爪牙、青年人的笑柄，同樣面臨陽剛氣概受損的危機——兒子能做什麼？晚年小蔣體認到他在為父親做「防腐處理」，至於還年輕的彥青，曾想得到同儕認同而作弄父親，迷離之際卻痛訴自己不該把父親送到榮家，使他在孤獨中腐朽。

《孽子》雖然以傅老爺子對青春鳥的照護、青春鳥們在傅老爺子喪禮上大慟，象徵父子情結鬆動，即使雙方均為真正父子關係的替代之物，仍是雙方相互行動下的結果。《夢魂之地》裡我們更看到兒子的痛悔或追尋，以蔣氏父子來說，小蔣渴求愛、渴求父親認可，也渴求權力的讓渡；父親高高在上，從未走近，父親認可如彼岸一個頷首，而他的快樂既是親子的，也同時是權力的。

「太子」如果也算「孽子」，或許不在他一度曾作出仇父舉動，而是後來的他，以戀父包裝了弒父的欲望。

*

為了不使小說變成靈異筆記，《夢魂之地》的「我」對於通靈，並非愚信，她擁有現代知識，「我也會搬科學，靈力是粒子？是波動？」解為電磁波也行，「溢出的波，像是水灑在虛空中」。她知道外界的信與不信都不是鐵板一塊，為了讓彥青進入狀況，多方比喻：「升起天線」希望「接上特殊感應」，靈感「像窗玻璃上刷刷掛下來的雨水」，搭線進入另一個人的記憶，「點一下碰觸面板，萬花筒一樣，三百六十度實景環繞」，靈力枯涸時卻雜訊不斷，「想看新聞，卻轉到一堆奇怪的購物台」，更感官一點來說，「米酒、綠油精、蚊煙香、撒隆巴斯，一層掩映一層，各種氣味交相出現。好似走進『休息』的小旅館」。單純卻靈力充沛的彥青，則好像「Wi-Fi沒有密碼保護，完全不設防，誰都可以分享他網路」。「我」也時常把通靈、神明、退駕，和房屋貸款升降息、潮去了留下滿沙灘垃圾之類的尋常俗事相譬喻，沖淡獵奇感或神祕性。

「我」和彥青之所以能感應小蔣、鄭成功，接上死者的天線，正因為他們內心也存在著類近缺憾。生者的身體成為夢魂之筏，呼喊著的死者又何嘗不是生者以彼喻此的面具？《夢魂之地》並非單單疏通死者未能發出的聲音，也顯映了生者零落的內心，並且共同指向二戰後老外省移民們的執迷（不悟真的那麼可惡嗎？只能在政治更替之下成為笑料或垃圾？）——通靈者「我」說：「這樣的老人腦袋我進去過。細胞斷了電，整個腦袋像危樓，踹一腳就會塌下來。」

＊

所以，我們讀到《夢魂之地》裡的這些句子：

「童年遇到一些事，留在那裡，從此長不大，永遠是個孩子。」（頁142）

「張開嘴就錯了，老芋仔是汙名，一堆少小離家的孩子，盡是天壽弄錯的人。〔中略〕……找不到歸所，在墓地裡同聲相應。」（頁197）

「當年竟有勇氣做逆子，灰糊糊的麥田冒出新綠，他在原野上跑起來，腳步曾經多麼輕快。」（頁203）

回不去的家。被辜負的期待。被父親嫌棄過、遺忘過的小蔣，永遠是個孩子，想奪回父親的關愛。然而，這位「太子」，也曾是某些流離失所者視為父親或救星那樣的存在，「太子」形影也曾護持過那些離家而永遠如孩子的老人（「我想回家！」）。台灣好幾代人的學校音樂課本內都收了紀念歌譜，把老蔣唱成「民族的救星」，依傍著他編織的大夢來告慰離亂的苦痛。假作真時，無為有處，有一天，當你，你，還有你和你，發現一切不過騙局，可不可以像原諒父親那樣地原諒他／祂（們）呢？

《夢魂之地》末尾，好一幅後現代圖示，三太子搖滾起來了，奉給囡仔神的供品也進化為時髦玩具。不管哪個「太子」，都有退駕的時候，迷途而渴望關注的孩子，卻永遠都在。民主社會，「我」回到舊地，「大房子」讓位給村民作活動中心用，常民日子熱鬧而恆遠，勝過紀念遙遠的神與父。

推薦文

我們都是……三太子眷顧的人！

詹偉雄　文化評論人

It seems probable that if we were never bewildered there would never be a story to tell about us.

——Henry James

小說家平路的新作《夢魂之地》，與她十二年前的兩部作品《東方之東》、《婆娑之島》合稱為「平路台灣三部曲」，既稱之為「三部曲」（triology），想當然耳，這系列作品必也對應著某種生命史般、弘大且深邃的寫作企圖。

表面上看，小說作者要捕捉台灣這個蕞爾小島加諸於主人翁們身上多種的生命軌跡，書名的抒情意味給足了這樣的聯想，但實質上，平路要探索的是：在全球化、大尺度、長歷史的發展格局下，個人命運是如何地與島嶼命運交織在一起，人們是如何在一件件的事件遭遇和成長創傷中，組建出可稱之為「台灣性」的深層心靈圖景。

*

這三本小說，也不約而同地使用了歷史史實與虛構敘事混揉的寫作技藝，小說的主人翁身分既有確鑿的歷史人物，也有虛構的男、女主角和配角，他／她們或者在平行時空中交錯，或者在歷史長廊的兩端相互探望，這種「不可能的可能」（impossible possibility）是「三部曲」文學性的核心之所在，而平路在文字間使盡渾身解術地穿針引線，扮演著福婁拜所說「猶如上帝在宇宙中那樣，無處不在又無影無蹤」的角色，雖不能說每一冊都時時刻刻地克盡職守，但《夢魂之地》無疑地是臻於完美小說調度技術的指標性作品。

《東方之東》透過一位到北京尋找失蹤台商丈夫的女小說家，逐步揭露出夫妻置身於兩岸三地下枯槁的情感荒原，與之對比的，是女小說家在北京遊歷順治皇帝的行止遺跡，揣摩著這位英年早逝皇帝在三百六十年前因由鄭芝龍「蠱惑」而油然新生的南方（海島台灣）嚮往。《婆娑之島》說的是與鄭芝龍同期且被其子鄭成功擊敗的荷蘭東印度公司台灣最後一任長官瑞典人揆一（Frederick Coyett）、一位美國國務院情報官，分別與兩位台灣女子交往，萌生情愫，最終卻因真愛而受到政治懲罰的非典型愛情故事。

這兩部小說完成於二〇一一與二〇一二年，各自以一個懸疑的命題開場：「丈夫失蹤去了哪裡」、「我為何被控叛國罪，是哪裡出了差錯」；而在解謎的過程裡，台灣不由自主的歷史身分像是一片淡影般，或明或暗地，開始浮現在近代強權爭霸的群山裡，這是小說寓意所在；小說末了，主人翁們的人生之夢醒了，那種領悟也代表著讀者們的會心了解，和小說開始之時相較，我們都共同領受過一趟靈魂的清洗。

與前兩本小說相較，《夢魂之地》探究的歷史維度比較小，但對讀者的衝擊卻更直接，它的歷史人物主角是蔣經國總統，而虛構的主人翁是一位「通靈阿桑」的靈媒，小說由靈媒的中年焦慮開始，她的靈力自從犯下一樁錯誤後便被神明取消永久繼承權，僅能有一搭沒一搭、遭遇似地撞靈來附身，而隨著年歲漸長，這能耐也日趨軟弱。某日她感應到有另一靈媒趨近，便主動開始設計追求，這位名叫「彥青」的男子與她合體後，兩人各自經歷了奇特的遭遇與巔峰經驗，男子受到鄭成功的附身，阿桑則進入了晚年病入膏肓的蔣經國臥榻和他的腦門，與這位「太子」一同回顧了生命的跌宕起伏，也參與了他的死亡。

小說的各路支線最終收攏在一個「三太子命題」下：三太子哪吒是拯救阿桑童年苦難（失怙、飢餓、被性侵犯）、給予超能力體驗的神祇（「三太子在身邊，像暖暖包揣在手心裡」），也是蔣經國、阿桑與彥青的命運共同體——四位角色都是曾被父親遺棄或拒斥的小孩（阿啄仔說「三太子有 daddy issues」），在《夢魂之地》這一跨越時空和天地的世界裡，天神、元首和靈媒被同一種人倫創傷給「報隊」（team-up）在一起，隨著小說在緊湊、喜劇的宮廟敘事語言中奔走，閱讀者卻益發感受到時代的哀傷，他們的父親也許並非天生惡人，但在群體政治的作用下卻變成恐怖的怪獸，要子女「剔骨割肉」，把肉身還給父親。

＊

平路把小說的主角設定為外省第二代，顯然要說的是另一個版本的《大江大海一九四九》故事。他們位居社會底層的父母來到陌生地，適應不良，不若穩定的軍公教能萌生文藝氣息的山水情懷，抱著抽象希望等待歷史轉折；也不像本省的在地住民有社會網絡來支持，靠著與土地的連結來拚搏生計。因而當「反攻大陸」的諾言粉碎，貧窮與幻滅接踵而至，挫敗的第一代將憤怒投放到阿桑與彥青的身上，使她／他們的童年千瘡百孔，宛如「一把刺在咽喉的匕首，一生中怎麼拔都拔不出來」（黎巴嫩／加拿大劇作家 Wajdi Mouawad 語）。

《夢魂之地》嘗試帶著讀者去窺探這個巨大的傷口，靠的是匠心獨運的人物塑造——靈媒阿桑不僅是小說的主敘事者，她還可以探入別人的心緒，代為說出角色心中的話，使得身為讀者的我們同時擁有全知與偏見，一方面透過角色的眼睛看事物，但同時又被慫恿著去看那些角色看不到的東西，譬如小說中靈媒進入了蔣經國的思維，她這麼說：

把自己比作可恨的湯勤？為奪取美妾而陷害無辜好人？他想著，確實做錯了，（中略）……父親面前，他始終是讓人失望的兒子。他應該及早悔悟，早應該剔骨割肉，捧回給父親。（頁236、237）

「父親面前，他始終是讓人失望的兒子。」這是蔣經國自我的心思，只是藉由鑽進去他腦袋的阿桑說出來；包括「比做可恨的湯勤」（京劇《一捧雪》中的告密者，來自蔣經國橫刀奪愛顧正秋的都市傳說？），如果阿桑不是一位靈媒，小說家平路要告訴讀者這一段蔣經國的心中委屈與憤懣以及其行事評價，工程不免大費周章。再者，當讀者讀到這段文字，我們也清楚曉得：這故事是偷渡來的，有主要作者和另一個協力作者：主敘事者操持著故事骨幹，角色內心話語提供深刻情感，當身為讀者的我們「合法地」同時擁有兩種視角，整部小說的景觀也就多層次、繽紛起來，譬如小說裡有一段阿桑和彥青PK她／他們的靈力，各自回到父母當年的記憶，彥青看到了他父親眼中看到的事物，而合體的阿桑也同時看到了：

他爸吐口痰，罵兒子是娘炮，不像大男人，哪像我的種？

耳朵裡嗡嗡作響，罵聲換成抽泣，彥青他爸正冤屈地抽泣。過去是一坨屎，是一堆爛泥，沒有人耐心問過他，究竟經歷了什麼？他爸用力划槳，划出水道，前方有一條生路。彥青奶奶揣個包袱坐船上，他爸撥一撥，腿肚黏著螞蝗，回頭看，沼澤裡浸泡著屍體……（頁215、216）

身為讀者，我們明白這是阿桑主述他看到彥青所看到的事物，同時也知道彥青看到的是他父親所看到的事物，當小說末了，彥青準備要重新修復他與住在榮民之家父親的關係，其轉折依據也在這個場景裡：兒子原本只是父親暴力的承受者，透過這段靈視，兒子成了父親暴力的理解者。

也許可這麼說：近八萬字的小說《夢魂之地》之所以比起十六萬字的散文《大江大海一九四九》更具備解釋歷史事件的廣度和深度，就來自平路塑造了這兩個非凡的通靈主角，她／他們在原本單調的平面上建構了高山河谷般的地形皺褶，非常速捷地呈現了受難者的人生苦難和歷史化過程，讀者理解了，但也明白這並非黑白二分的理解，《夢魂之地》把台灣社會裡複雜的道德織理（moral fabrics）在最經濟的字數內——都纖毫畢現地展露出來了。從十九世紀以來，這種本領就是小說的專長，但只有非常高明的小說家能如滑冰選手般在這個領域內輕盈地滑翔，或者另一個比喻：作家在人物頭頂沉思，正像神在水面上沉思。

＊

有人也會探問：虛構的歷史小說半虛半實，閱讀它，除了某種文藝的娛樂效果外，還具有何種意義？假如它不是真正的歷史，無法提供鑑往知來的認識論判準，那小說之於文明之進程，是否是多餘的累贅（抑或甚而是阻力）？《東方之東》、《婆娑之島》、《夢魂之地》一套的「平路台灣三部曲」也許恰可來回答這個問題，歷史小說的任務不是取代歷史，而是根本地質疑歷史，解消強固定論的歷史。歷史的寫作也是敘事，它雖然強調敘事的來源是具有「事實」效力的史料，但「事實」永遠具備一種二重任務：它既反映著人們的信仰，也掩埋掉對這信仰的質疑。在一段時間內，主流歷史敘事讓人們相信世界就是如此運行；直到有一天新「事實」出現，或人們看待「事實」的情感改變，舊歷史就變成了幻覺或迷信。

在各種鬆動歷史霸權的敘事裡，歷史小說是最具能量的一支，歷史小說一樣是依據既有「事實」來創作，但它會在「事實」與「事實」的廣袤罅隙裡尋找新動機與新意義，它不一定是唯一真的，但它恰可鬆動市面上聲稱自己是「唯一真」的合法性，而且依照美國實用主義哲學家 Richard Rorty 的觀點：哪一種敘事最為大家認為有用，最能解決問題，它就會成為現下的「唯一真」。在此，身為讀者的我們所得到的啟示是：歷史和虛構小說雖然不是同樣的事物，但是它們兩者之間的「邊界交通」肯定十分忙碌，而且那條線是隨時會移動的。

從文學的任務來考察，小說這一文類從來都不會要求我們去「相信」什麼事情，而是鼓勵讀者去「想像」什麼事情，兩千四百年前亞里斯多德就提醒雅典城邦市民，在以模擬為主要形式的藝術創作中，「令人信服的不可能性」（convincing impossibility）總是優於「不令人信服的可能性」（unconvincing possibility）。閱讀完《夢魂之地》，回顧從一九八七年前後與迄今的歲月，我確實這麼想：藝術或小說讓我們產生快樂或痛苦，得到了救贖或清洗，並非因為它們被混淆為現實，而是因為它們讓我們想起現實；小說家的發明，是可以修復一個國族或好幾群人破碎的記憶，這是文學的力量，也是虛構的力量。

國家圖書館出版品預行編目

夢魂之地 / 平路著 . -- 初版 . -- 新北市 : 木馬文化事業股份有限公司出版 : 遠足文化事業股份有限公司發行 , 2024.02
304 面 ; 14.8×21 公分

ISBN 978-626-314-583-2（平裝）

863.57　　112021722

平路台灣三部曲・三

夢魂之地

Passing

作者　平路

總策畫　陳蕙慧
副社長　陳瀅如
總編輯　戴偉傑
主編　李佩璇
責任編輯　涂東寧
內頁校對　呂佳真
行銷企劃　陳雅雯、張詠晶
封面設計　張巖
內頁排版　宸遠彩藝
作者照攝影　TODAY TODAY（Nick Song）

出版　木馬文化事業股份有限公司
發行　遠足文化事業股份有限公司（讀書共和國出版集團）
地址　231 新北市新店區民權路 108-4 號 8 樓
電話　(02)2218-1417
傳真　(02)2218-0727
Email　service@bookrep.com.tw
郵撥帳號　19588272 木馬文化事業股份有限公司
客服專線　0800-221-029
法律顧問　華洋法律事務所 蘇文生律師
印刷　呈靖彩藝有限公司
初版　2024 年 2 月
初版二刷　2024 年 3 月
ISBN　9786263145832
EISBN　9786263146099（EPUB）
　9786263146105（PDF）
定價　420 元